Zofia Nałkowska

MEDALIONY

Wydawnictwo GREG Kraków

Autorka:
ZOFIA NAŁKOWSKA

Tytuł:
MEDALIONY

Autorka opracowania:
KATARZYNA DUDA-KAPTUR

Korekta:
KAROLINA RYMUT
AGNIESZKA WOŹNY
MARIA ZAGNIŃSKA

Ilustracje:
JONASZ PORYWCZY

Projekt okładki:
BROS

Fotografia na okładce: Przemysław Rzeszutko

ISBN 978-83-7517-296-6

Wydanie III zaktualizowane

2023

Wydawnictwo GREG
31-979 Kraków, ul. Klasztorna 2B
tel. (12) 680 15 50
www.greg.pl

Księgarnia internetowa: www.greg.pl

Skład i łamanie:
BROS

Wstęp

Trzymasz właśnie w ręku jedną z lektur, którą będziesz omawiać na lekcjach języka polskiego. Oprócz **pełnej treści lektury** bez żadnych skrótów znajdziesz tutaj **najlepsze na rynku** dokładne, wyczerpujące opracowanie. Zostało ono przygotowane we współpracy z doświadczonymi polonistami, uwzględniając wszystkie zagadnienia, które mogą Ci się przydać – w oparciu o tematy lekcji, wypracowania, pytania z podręczników i testów, a także wymagania z podstawy programowej. Znajdziesz więc tutaj:

– biografię pisarza zawierającą wszystkie potrzebne fakty,
– precyzyjnie określony i opisany gatunek literacki utworu,
– szczegółowy plan wydarzeń,
– dokładne informacje o czasie i miejscu akcji wraz z wykazem bohaterów,
– staranne i dokładne streszczenie,
– wnikliwie omówioną problematykę,
– wyczerpującą charakterystykę najważniejszych postaci.

Treść utworu została opatrzona **komentarzami na marginesach,** które wskazują najważniejsze informacje – o miejscach, postaciach, czasie akcji, ważne fakty, wydarzenia, cytaty. Możesz je potem łatwo odnaleźć w indeksie komentarzy.

Absolutną nowością jest pojawiający się na marginesach opracowania **znaczek „pewniak na teście".** Wskazuje on treści, które zazwyczaj pojawiają się w pytaniach z danej lektury we wszelkich testach sprawdzających wiedzę, a także w podręcznikach i na klasówkach. Warto zwrócić na nie szczególną uwagę – jest duże prawdopodobieństwo, że i Ty **spotkasz się na teście czy klasówce z pytaniami o te zagadnienia!**

Mamy nadzieję, że praca z przygotowaną przez nas lekturą będzie dla Ciebie łatwa i przyjemna.

Wydawnictwo GREG

Zofia Nałkowska

MEDALIONY

Autor:	Zofia Nałkowska
Tytuł:	*Medaliony*
Rodzaj literacki:	epika
Gatunek literacki:	miniatura prozatorska
Bohaterowie – typy:	rozmówcy narratorki – więźniowie obozów i świadkowie wydarzeń wojennych
Czas i miejsce akcji:	rok 1945, w retrospekcjach – lata 1939–1945
Problematyka:	Holocaust, okrucieństwo Niemców wobec ludzi podczas II wojny światowej

Ludzie ludziom zgotowali ten los

PROFESOR SPANNER

Tego rana byliśmy tam po raz drugi. Dzień był pogodny, majowy, chłodnawy. Wiatr od morza szedł rześki, coś sprzed lat przypominał. Za drzewami szerokiej, wyasfaltowanej alei stał mur ogrodzenia, za nim ciągnął się rozległy dziedziniec. Wiedzieliśmy już, co przyjdzie nam zobaczyć.

Instytut Anatomiczny w Gdańsku

Tym razem towarzyszyło nam dwóch starszych panów. Ci przyszli w charakterze „kolegów" Spannera – obaj profesorowie, obaj lekarze i uczeni. Jeden wysoki, siwy, o twarzy szczupłej i szlachetnej, drugi równie duży, ale przy tym tęgi i ciężki. Jego pełna twarz wyrażała dobroduszność i jakby zatroskanie.

Ubrani byli dość podobnie i nie po naszemu, raczej prowincjonalnie – w czarne, długie, wiosenne palta z dobrej wełny. Na głowach mieli miękkie, również czarne kapelusze.

Skromny, nietynkowany domek z cegły stał w rogu podwórza, na uboczu, jako nieważny pawilon dużego gmachu, w którym mieścił się Instytut Anatomiczny.

Naprzód zeszliśmy do rozległej, ciemnej piwnicy. W pochyłym świetle, idącym od dalekich, wysoko umieszczonych okien, umarli leżeli jak wczoraj. Ich ciała, nagie, białokremowe, młode, podobne do twardych rzeźb, były w doskonałym stanie, mimo że czekały tu już od szeregu miesięcy na chwilę, w której wreszcie przestaną być potrzebne.

Leżeli jak w sarkofagach, w cementowych, długich basenach z uniesionymi pokrywami – wzdłuż, jedni na drugich. Mieli ręce opuszczone wzdłuż ciała, nie złożone na piersiach według pogrzebowego rytuału. A głowy odcięte od torsów tak równo, jakby byli z kamienia.

W jednym z tych sarkofagów leżał na stosie umarłych znany już „marynarz" bez głowy – młodzieniec wspaniały, wielki jak gladiator. Na jego piersi szerokiej wytatuowany był kontur statku. Poprzez zarysy dwóch kominów przechodził napis wiary daremnej: *Bóg z nami.*

Mijaliśmy jeden za drugim baseny pełne trupów, a obaj cudzoziemscy panowie szli także i także patrzyli. Byli lekarzami i lepiej od nas rozumieli, co to znaczy. Na potrzeby Instytutu Anatomicznego przy uniwersytecie wystarczyłby zapas czternastu trupów. Tu było ich trzysta pięćdziesiąt.

Dwie kadzie zawierały same głowy bezwłose, odcięte od tamtych ciał. Leżały jedne na drugich – twarze człowiecze niby zesypane do dołu ziemniaki – jak popadło: jedne bokiem, jak się leży

Obraz śmierci masowej

na poduszce, inne obrócone w dół albo na wznak. Były żółtawe i gładkie, też świetnie zakonserwowane, też równiutko od karku odcięte, jak z kamienia.

W rogu jednej kadzi spoczywała na wznak ta nieduża, kremowa twarz chłopca, który umierając mógł mieć osiemnaście lat. Lekko skośne, ciemne oczy nie były zamknięte, tylko zaledwie spuszczone. Pełne usta, barwy tej samej co twarz, przybrały wyraz cierpliwego, smutnego uśmiechu. Brwi równe i wyraźne unosiły się ku skroniom jakby z niedowierzaniem. Oczekiwał w tej najdziwniejszej, przechodzącej jego pojęcie sytuacji na ostateczne orzeczenie świata.

Dalej były znowu baseny z umarłymi, a później kadzie z ludźmi przeciętymi na pół, pokrajanymi na części i odartymi ze skóry. W jednym tylko basenie leżały osobno i daleko nieliczne zwłoki kobiet.

Poza tym w podziemiu obejrzeliśmy jeszcze parę basenów pustych, zaledwie wykończonych, bez pokryw. Oznaczały, że zapas trupów, potrzebnych żyjącym, był niedostateczny, że istniał zamiar powiększenia całej imprezy.

Proceder wyrabiania mydła z tłuszczu ludzkiego

Później z obu profesorami przeszliśmy do czerwonego domku i tam widzieliśmy na wyziębłym palenisku ogromny kocioł pełen ciemnej cieczy. Ktoś obyty z terenem uchylił pokrywy i pogrzebaczem wyciągnął na wierzch ociekający płynem, wygotowany tors człowieczy, odarty ze skóry.

W dwóch innych kotłach nie było nic. Ale w pobliżu, na półkach oszklonej szafy, leżały rzędem wygotowane czaszki i piszczele.

Widzieliśmy też skrzynię, a w niej ułożone warstwami – oczyszczone z tłuszczu, spreparowane cienko płaty skóry ludzkiej. Na półce słoje z sodą kaustyczną, przy ścianie wmontowany w mur kocioł z zaprawą i duży piec do spalania odpadków i kości.

Wreszcie na wysokim stole kawałki mydła białawego i chropowatego i parę metalowych, powalanych zeschłym mydłem foremek.

Nie wchodziliśmy już tym razem na strych po drabinie, by oglądać tam zalegające wysoko polepę zsypisko czaszek i kości. Zatrzymaliśmy się tylko na chwilę w tej części dziedzińca, gdzie widać ślady spalonych całkowicie trzech budynków, szczątki pieców metalowych typu krematoryjnego i bardzo licznych rur i przewodów. Wiadomo, że i czerwony domek podpalano już dwukrotnie. Za każdym razem jednak powstający pożar został dostrzeżony i ugaszony.

Wyszliśmy razem z profesorami, którzy od razu odłączyli się od nas i prowadzeni przez kogoś nieznajomego udali się w swoją drogę.

2

Młody gdańszczanin

Przed Komisją zeznaje człowiek młody, chudy i blady, o wyraźnych oczach niebieskich, przyprowadzony na badanie z więzienia. Niemający pojęcia, czego od niego chcemy.

Mówi z namysłem, poważnie i smutnie. Mówi jednak po polsku, tylko z akcentem obcym, cokolwiek grasejując[1].

---

[1] *Grasejowanie* – wymawianie spółgłoski „r" z charakterystyczną wibracją.

Mówi, że jest gdańszczaninem. Był w szkole powszechnej, później skończył jeszcze sześć klas i zrobił maturę. Był ochotnikiem, był harcerzem. Na wojnie dostał się do niewoli i uciekł. Pracował na ulicy przy śniegu, potem w fabryce amunicji. Też uciekł. Rzecz na ogół dzieje się w Gdańsku.

Profesor Spanner – obraz oprawcy

Niemiec zamieszkał u jego matki, gdy ojca zabrali do obozu koncentracyjnego. Ten Niemiec dał mu pracę w tutejszym Instytucie Anatomicznym. I tak dostał się do profesora Spannera.

Profesor Spanner pisał książkę o anatomii i wziął go na preparatora trupów. W uniwersytecie miał wykłady, taki kurs preparatorski dla studentów. Wydawał swoją książkę, dla tej książki pracował. Jego zastępca, profesor Wohlmann, też pracował – jednak nie może powiedzieć, czy dla jakiejś książki, czy tak...

Ta oficyna była wykończona w roku 1943 na Palarnię. Spanner wtedy postarał się o maszyny do oddzielania mięsa i tłuszczu od kości. Z kości miały być robione kościotrupy. W roku 1944 profesor Spanner kazał, żeby studenci odkładali tłuszcz z trupów osobno. Co wieczór po skończeniu kursów, jak studenci odeszli, robotnicy zabierali talerze z tłuszczem. Były też talerze z żyłami i z mięsem. Więc mięso wyrzucali albo palili. Ale ludzie w mieście skarżyli się policji, więc wtedy profesor kazał, żeby palili w nocy, bo za duży smród był.

Proceder wyrabiania mydła z tłuszczu ludzkiego

Studenci mieli także powiedziane, żeby skórę całkiem czyściutko już odjąć, później tłuszcz czysto, później według książki preparatorskiej muskuły aż do kości. Tłuszcz wybierany przez robotników z talerzy później został leżeć całą zimę, a później, jak studenci wyjeżdżali, był przez pięć – sześć dni wyrobiony na mydło.

Profesor Spanner zbierał również skórę ludzką. Mieli ją ze starszym preparatorem von Bergen wyprawiać i coś z niej robić.

– Starszy preparator von Bergen – to był mój bezpośredni przełożony. Zastępcą profesora Spannera był doktor Wohlmann. Profesor Spanner był cywil, ale zgłosił się do SS jako lekarz.

Gdzie jest teraz doktor Spanner, więzień nie wie.

– Spanner odjechał w styczniu 1945 roku. Jak odjeżdżał, kazał nam tłuszcz zbierany w semestrze dalej wypracować, kazał nam porządnie mydło i anatomię robić i sprzątać, żeby ludzko wyglądało. Receptu nie kazał sprzątać, może zapomniał. Mówił, że wróci, ale już nie wrócił. Pocztę, jak wyjechał, posyłali mu do Halle an der Saale, Anatomisches Institut.

Siedzi, zeznając, na krześle pod ścianą naprzeciwko okien, w świetle. Jest całkowicie widoczny – w swych zastanowieniach i namysłach, w usilnej chęci, aby dokładnie powiedzieć wszystko, jak było, by nie opuścić nic. On jest jeden, a nas jest osób kilkanaście: członkowie Komisji, miejscowe władze, sadownicy.

Nadmiar gorliwości sprawia, że niekiedy bywa niejasny.

– Co to jest recept?

– Recept wisiał na ścianie. Asystentka, która była ze wsi, przywiozła stamtąd recept na mydło i wypisała. Nazywała się Koitek. Asystentka techniczna. Ona też wyjechała, ale do Berlina. Oprócz receptu była jeszcze notatka na ścianie. To napisał von Bergen. Ona dotyczyła zupełnego oczyszczenia kości do wyrobu kościotrupów. Ale kości się nie udały, zniszczyły się. Albo była za duża temperatura, albo za silny płyn – zatroszczył się jeszcze tym dawnym kłopotem.

– Mydło z receptu zawsze się udało. Tylko raz się nie udało. To ostatnie, co leżało w Palarni na stole, ono nie jest udane.

Profesor Spanner – obraz oprawcy

Produkcja mydła odbywała się w Palarni. Kierował produkcją sam doktor Spanner ze starszym preparatorem von Bergen. Z tym, co jeździł po trupy. Czy jeździłem z nim? Tak jest. Jechałem tylko dwa razy. I do więzienia w Gdańsku też raz.

Trupy przywozili naprzód z domu wariackiego, ale później nie starczyło tych trupów. Wtedy Spanner rozpisał wszędzie do burmistrzów, żeby trupów nie grzebać, tylko że przyśle po zwłoki Instytut. Przywozili ze Stutthoffu z obozu, z Królewca na śmierć skazanych, z Elbląga, z całego Pomorza. Dopiero jak w gdańskim więzieniu wystawili gilotynę, to już było dosyć trupów...

Przeważnie to były trupy polskie. Ale raz byli i wojskowi niemieccy, ścięci w więzieniu podczas uroczystości. A raz przywieźli cztery czy pięć trupów i nazwisko było rosyjskie.

Trupy von Bergen przywoził zawsze w nocy.

– Co to była za uroczystość?

Formy zadawania śmierci

– Uroczystość była w więzieniu. Poświęcenie gilotyny. Zaproszony był szef Spanner i różni goście. Szef wziął starszego preparatora von Bergen i mnie. Dlaczego mnie wziął, nie wiem, bo nie byłem zaproszony. Goście przyjechali autami i przyszli piechotą. Weszli do tej sali. Ale my tam nie weszliśmy, tylko musieliśmy czekać. Myśmy już oglądali gilotynę i szubienicę do wieszania. To wtedy byli ci czterej wojskowi niemieccy skazani na śmierć. I podobno święcił ksiądz niemiecki.

Widziałem, jak wpuścili jednego więźnia. Kajdanki miał z tyłu, boso, czarne nogi, tylko spodnie, a tak był nagi.

Była fioletowa zasłona, za nią drugi pokój i prokurator. Starszy preparator rozmawiał później z katem i opowiadał. Więc słyszeli mowę prokuratora, szum, jakieś rozciąganie, tupanie – jakby ktoś biegał. I uderzyło żelazo. Kat meldował, że wyrok wykonany. A my już widzieliśmy, jak czterech trupów wynieśli w trumnie otwartej.

Czy to był ksiądz przy tym poświęceniu, ja nie wiem. Ale mówili, że jeden wojskowy w mundurze to był ksiądz.

Na jeden raz to z tego więzienia von Bergen przywieźli z Wohlmannem sto trupów.

Ale później Spanner chciał trupów z głowami. Nie chciał też rozstrzelanych, za dużo koło nich było roboty, zawsze zaśmiardły. Jeden na przykład niemiecki wojskowy przyszedł skazany na śmierć. Ten miał nogę złamaną i przestrzeloną. A był też i bez głowy. Wszystko naraz. Z zakładu wariackiego to były trupy z głowami.

Obraz śmierci masowej

Spanner schował zawsze trupy na zapas. Bo jak później było za mało trupów, więc wtedy już musiał brać trupów bez głów.

Ten wielki marynarz bez głowy jest z gdańskiego więzienia. Trupy przecięte wpół są dlatego, że całe nie chciały wejść do kotła, nie chciały się zmieścić.

Człowiek jeden da tłuszczu może z pięć kilogramów. Tłuszcz przechowywał się w Palarni w basenie kamiennym. Ile?

Myśli długo, chce być jak najbardziej dokładny.

– Jeden i pół cetnara.

Zaraz jednak dodaje:

– Tak było dawniej. Ale ostatnim razem było mniej. Jak już zaczęli cofać się do Rzeszy – to był może jeden cetnar...

O produkcji mydła miał nikt nie wiedzieć.

Spanner zabronił mówić nawet studentom. Ale oni tam zaglądali, potem może jeden drugiemu powiedział, więc chyba wiedzieli... A nawet raz tak było, że do Palarni zawołali czterech studentów i z nimi razem gotowali. Ale na co dzień dostęp do produkcji miał szef, starszy preparator, ja i dwóch robotników, Niemców. Mydło gotowe brał doktor Spanner i on nim dysponował.

– Mydło gotowe?... No, jak się zrobi – ono naprzód jest miękkie, no to musiało ostygnąć. Wtedy musieliśmy pokrajać... I Spanner zamknął mydło na klucz. Tam było nie samo mydło, maszyna tam stała. Chodziliśmy w pięciu. A inni musieli prosić o klucz, gdy chcieli wejść.

– Dlaczego to był sekret?

Nad tym zastanawia się dłużej. Pragnie odpowiedzieć wedle najlepszej swej wiedzy.

– Może się Spanner bał albo co... – rozważa w skupieniu. – Moja myśl jest taka, że gdyby się ktoś dowiedział cywilny w mieście, to może by był z tego jaki bałagan...

Mogło się zdawać, że i tu rozwieszona jest między nami a nim jakaś „fioletowa zasłona". Nie było na niego sposobu. I ktoś zapytał wreszcie:

– Czy nikt wam nie powiedział, że robienie mydła z tłuszczu ludzkiego jest przestępstwem?

Odparł z zupełną szczerością:

– Tego mi nikt nie powiedział.

To jednak daje mu do myślenia. Nie od razu odpowiada na dalsze pytania. Wreszcie robi to bez niechęci.

– Owszem, przyjeżdżali różni do Instytutu i do Spannera. Profesor Klotz, Schmidt, Rossmann do niego przyjeżdżali. Był raz minister zdrowia w Instytucie Higieny i minister oświaty, też był gauleiter Forster. Jako rektor całej Akademii Medycznej przyjmował ich profesor Grossmann. Niektórzy byli, jak ten dom jeszcze nie stał, więc oni zwiedzali tylko Anatomię, badając, jaka jest Anatomia, czy czego może brak. A chociaż już była Palarnia – no, to mydło zostało zawsze po czterech, pięciu dniach sprzątane. Nie mogę mówić, czy widzieli to mydło. Mogli widzieć. I w czasie inspekcji recept zawsze wisiał. Więc jak czytali, to chyba wiedzieli, co tam gotują.

– Tak, szef kazał mnie robić to mydło z robotnikami. Dlaczego mnie? Nie wiem. O Spannerze, jak tak zamykał mydło, to sam myślałem, że on robi jakieś szaberstwo. Gdyby miał pisać w swojej książce o mydle, to by nam tak nie zabronił o tym mówić.

Może on sam przyszedł na tę ideę, żeby robić mydło z resztek?... Chyba nie dostał na to polecenia, bo wtedy by się nie musiał sam starać o recept...

Z tych rozważań nie wynika żadna pewność.

– Co studenci?... Tak jak my. Każdy się bał tym mydłem myć na początku... Obrzydzenie było do tego mydła. Zapach miało niedobry. Profesor Spanner bardzo się starał, żeby ten zapach ustał. On pisał do chemicznych zakładów, żeby przysyłali olejki. Ale zawsze czuć było, że to nie takie mydło.

– Owszem, mówiłem w domu... Z początku nawet jeden kolega widział: miałem dreszcz, że można się tym myć. W domu mama też się obrzydzała. Ale się dobrze mydliło, więc go używała do prania. Ja się przyzwyczaiłem, bo było dobre...

Młody gdańszczanin – obraz „zarażenia faszyzmem"

Na jego chudej, wybladłej twarzy pojawia się wyrozumiały uśmiech.

– W Niemczech, można powiedzieć, ludzie umieją coś zrobić – z niczego...

3

Po południu wezwaliśmy obu starych profesorów-lekarzy, kolegów Spannera, na przesłuchanie. Rozmowy odbyły się w obrębie terenu ich pracy, w pustej salce jednego z gmachów szpitalnych.

Obaj – badani z osobna – oświadczyli, że o istnieniu budynku mieszczącego ukrytą fabrykę mydła nie było im nic wiadomo. Oglądali ją tego rana po raz pierwszy i widok ten wywarł na nich wstrząsające wrażenie.

Obaj – badani z osobna – oświadczyli, że Spanner, człowiek najwyżej czterdziestoletni, był w zakresie anatomii patologicznej powagą naukową.

O jego stronie moralnej nie mogli nic powiedzieć, znając go od niedawna i rzadko widując. Wiedzieli tylko, że należał do Partii.

Każdy zeznając siedział z dala od nas na odosobnionym krześle, z wyraźnym przygnębieniem na twarzy. Każdy siedział, nie zdjąwszy swego czarnego palta, czarny kapelusz przytrzymując ręką na kolanach.

Obaj mówili roztropnie i z ostrożnością. Obaj, mówiąc, wszystko brali pod uwagę. Gdańsk o tej majowej porze był jeszcze pełen Niemców, ulicami przeciągały zastępy jeńców niemieckich, obsypywanych kwiatami przez ich kobiety. Ale władze były polskie, a w garnizonie stały wojska sowieckie.

Na zapytanie, czy znając Spannera z jego działalności naukowej, mogli byli przypuścić, iż jest to człowiek zdolny do wyrabiania mydła z ciał umarłych skazańców i jeńców, każdy jednak odpowiedział inaczej.

Ten wysoki i szczupły, o siwej głowie i rysach szlachetnych, po dłuższym namyśle oświadczył:

Obraz człowieka totalitarnego

– Tak, mogłem był to przypuścić, gdybym wiedział, że taki otrzymał rozkaz. Było bowiem wiadomo, że był karnym członkiem Partii.

Drugi – ten tłusty, ciężki i dobroduszny, o cerze różowej i wiszących policzkach – także namyślał się długo. I po namyśle – wszystko niejako zważywszy w swym sumieniu – odpowiedział:

– Owszem, mogłem to przypuścić. Z tego mianowicie powodu, że Niemcy przeżywały wówczas wielki brak tłuszczów. Więc wzgląd na stan ekonomiczny kraju, na dobro państwa mógł go do tego skłonić.

Obraz człowieka totalitarnego

DNO

– To co pani naprzód opowiedzieć? – zastanawia się przez chwilę. – Sama nie wiem.

Jest siwa, raczej ładna, zaokrąglona i miękka. Jest bardzo zmęczona. Przeszła takie rzeczy, w które nikt by nie uwierzył. I ona sama nie uwierzyłaby także, gdyby nie to, że to jest prawda.

Sposób charakterystyki bohaterów

O nic jej nie chodzi, tylko o życzliwość. O to, żeby ludzie byli dla niej życzliwi, bo dużo przeszła i jest matką, która straciła dwoje dzieci. Nie wie na pewno, czy umarły. Ale od dawna nic nie wiadomo, co z nimi jest.

Syn dotąd nie wrócił z niewoli. A ci koledzy, którzy wracają, mówią, że go nie widzieli. A córka...

To jest daleko cięższa sprawa, od której zawlekają się łzami jej łagodne, szare, duże oczy. Łatwo jej o te łzy, które występują, a później nikną, nie spływając wcale na policzki.

Historia indywidualna bohatera

O mężu też nic nie wie. Ostatni raz ludzie widzieli go w obozie w Pruszkowie. Ale to był już starszy człowiek. Starszy, chociaż od niej młodszy o trzy lata.

Jest zupełnie sama i ludzie powinni by mieć dla niej jakąś życzliwość. Starsi, co ją tu pamiętają, owszem. Ale młodzi o tym tylko myślą, by im nie weszła w drogę.

– To co pani naprzód opowiedzieć – powtarza, przymykając oczy ze zmęczenia. – W Ravensbrück nas, owszem, męczyli. Znęcali się zastrzykami, wyrabiali na kobietach praktyki, otwierali rany... I to ich doktorzy robili, inteligencja. Ale tam byłyśmy niedługo, tylko trzy tygodnie. Stamtąd zabrali nas do innego lagru, do fabryki amunicji.

Eksperymenty pseudo medyczne w Ravensbrück

– Córka też. Owszem. Właśnie wszędzie byłam z córką. Razem nas od pierwszej chwili zaaresztowali. Aż dopiero wracając zgubiłyśmy się w drodze. Zatrzymali ją i jeszcze parę dziewcząt zatrzymali. Może było z dziesięć tych dziewcząt...

Mówi głosem przyciszonym mnóstwo słów szybkich, drobnych, sypiących się łatwo i smutno. Wspomnień o córce jest dużo. Była dobra, była ładna, była zdolna.

Uczyła dzieci, należała do organizacji. Syn także. Bały się zawsze, gdy wracał późno do domu, długo po godzinie policyjnej. Rzucał piaskiem o szybę, spuszczały mu sznur i tak wchodził przez okno, żeby się dozorca nie dowiedział. Drżała ze strachu, że ktoś wreszcie musi to zobaczyć, że to się wyda.

Jego też wzięli, ale nie razem z nimi. Jego wzięli z powstania. Ostatnią kartę napisał w styczniu do rodziny. O matce i siostrze wiedział, że już dawno są w Niemczech.

Więzienie hitlerowskie – Pawiak

– Przed obozem byłyśmy dwa miesiące na Pawiaku. Co tam wyprawiali, jakie robili zbrodnie na ludziach! Zastrzyki, ściąganie krwi dla żołnierzy – i dopiero wieszali albo brali na rozstrzał, tylko z nim przedtem wszystko zrobili.

Jest widoczne, że wiele przemilcza.

– Wiem, bo u nas w kuchni gotowali mężczyźni, to nam opowiadali. Mówili też o tych szczurach... Więźniowie sami musieli rano wynosić trupy z pakamery. Miały ręce i nogi związane, wyjedzone wnętrzności. Niektórym jeszcze biło serce.

Sposób charakterystyki bohaterów

Znów pomyślała o czymś, czego nie mogła powiedzieć. Nieznaczna zmarszczka rysowała się na jej gładkim czole od tego wewnętrznego widzenia.

– Mnie tak nie męczyli, tyle tylko, że mnie bardzo bili – rzekła wreszcie. I znów posypały się jej przyciszone, szybkie, drobne słowa.

– Strasznie mnie bili, żebym powiedziała, kto przychodził, co tam u mnie robili, kiedy niby to była lekcja tańca i moja córka grała na fortepianie. Bili mnie gumową pałką... Jak zasłoniłam twarz rękami, to mi tą pałką wybili palce – o tu, jeszcze widać. Jak co robię, to mię tu jeszcze boli.

Pokazywała ręce z guzami, pulchne, nieduże ręce, zniszczone twardą pracą.

– Strasznie się bałam, że coś powiem, jak mnie za bardzo bolało, jak mi się robiło mdło. Ale jakoś sobie postanowiłam, jakoś tak się zawzięłam i nie powiedziałam nic.

Westchnęła z ulgą i dodała poufnie:

– A oni u nas się uczyli i mieli kije zamiast karabinów. Mój syn ich uczył.

Otrząsnęła się. Tymi pulchnymi, zniekształconymi rękami przesunęła po oczach i powiedziała tak:

– A teraz pani opowiem, jak byłyśmy w tej fabryce amunicji. Tam miałyśmy co dzień dwanaście godzin pracy przy maszynach.

Lager – warunki życia

Spałyśmy w lagrze. Ten nowy lagier nazywał się jakby Bunzig. Stamtąd było przeszło dwie wiorsty[2] do fabryki. Budzili nas o trzeciej w nocy, nie było światła, po ciemku słałyśmy łóżka, piłyśmy czarną kawę bez cukru i jadłyśmy prędko ten chleb. Od czwartej do wpół do szóstej był apel na dworze. Zimno, deszcz albo śnieg, wszystko jedno. Potem było pół godziny drogi do fabryki, tak żeby zdążyć na szóstą. Obiad dawali nam w fabryce. To była zupa z liści czy z czegoś, nie umiem wytłumaczyć – brukiew suszona czy coś takiego. Rano i wieczór czarna kawa bez cukru i do tego dziesięć deka chleba na cały dzień. Naprzód

Lager – warunki życia

dawali piętnaście deka, a później już tylko dziesięć – no, to był taki kawałek. Więc byłyśmy wciąż głodne. Straszny był głód.

---

[2] *Wiorsta* – dawna rosyjska miara długości, około 1 km.

Przeważnie robiłyśmy kule do dział, do samolotów i przeciwlotnicze. To była ciężka praca, ciągle w dymie i gorącu. Jak która nie wyrobiła swojej ilości, to byłyśmy katowane.

– Jak? Proszę pani, w tym lagrze były bunkry – tak osobno, z daleka. Bardzo zimne, trochę w ziemi, jak piwnica. Jeżeli która źle posłała łóżko albo kubek po kawie źle umyła, bo nie było wody i było przecież ciemno – wtedy musiała iść do bunkra. Albo musiała stać dwanaście godzin na mrozie czy na deszczu. Gestapówki chodziły, pilnowały i śmiały się z nas, że marzniemy. Jakeśmy się do siebie przyciskały dla ciepła – to biły albo wyznaczały za karę bunkier. Więc trzeba było stać na tym zimnie daleko jedna od drugiej. Sukienki miałyśmy letnie – nie nasze, nie. Nasze nam odebrali. Były i pasiaki, były i takie zwyczajne, rękawy do łokci, gołe nogi. Na plecach miałyśmy naszyte krzyże na ukos.

Bunkier głodowy

Przez ten czas dwa razy ogolili mi głowę do skóry i tak musiałam iść na mróz. Nic nie wolno było włożyć na głowę, zaraz bili. Chodaki nam dali drewniane. Tylko na palcach było przybite trochę płótna papierowego, żeby się trzymały. Takie miałyśmy sine nogi, Boże kochany, jakby kto farbką pomalował.

Lager – warunki życia

To zimno to strasznie było wytrzymać. I po drodze, i w fabryce przy maszynach słabsze wszystkie umierały. Trupy składali tam do bunkrów. I do tych samych bunkrów właśnie zamykali za każde najmniejsze przewinienie, jeść nie dali, nie pozwolili się niczym okryć, całą noc na gołej ziemi. Dopiero rano wołali na apel, a po apelu znów do bunkra, bez żadnego jedzenia. Jeść im nie wolno było podać, stały na apelu osobno, żeby się która z nimi chlebem nie podzieliła. Esmanki bardzo tego pilnowały...

Zawahała się, zamyśliła. Znów tu coś trudne było do powiedzenia.

– Jednak coś jadły – powiedziała ciszej. – Raz jedna ruszała ustami. I jedna miała zakrwawione paznokcie. Proszę pani, to było strasznie karane! Ale one tam w nocy jadły mięso z tych trupów!

Dno – kanibalizm

Teraz zamilkła na dłuższą chwilę. Namyśliła się, jakby coś jeszcze chciała dodać. Ale nie mogła. Otrząsnęła się.

– Esmanki były zadowolone, jak myśmy umierały – ciągnęła pewniejszym głosem, jakby przezwyciężyła pokusę. – Kiedy kobiety umierały stojąc na apelu i przewracały się na ziemię, esmanki nie wierzyły, śmiały się, kopały je, że udają. Kopały je, gdy one nieraz od kwadransa już nie żyły. Trzeba było tak stać obok, nie wolno było się ruszyć, nie wolno było dać żadnej pomocy, nic.

Obraz oprawców

Jak która zachorowała, to też mówiły, że udaje. Też wrzucały do bunkra, żeby tam przy trupach umierała. A mężczyźni mieli jeszcze gorsze bunkry, całe pod ziemią. Musieli tam stać na ten ziąb po kolana w wodzie.

Siedziała bez ruchu, namyślała się, co by jeszcze powiedzieć. I nagle się ożywiła.

– Jeszcze pani coś powiem, to będzie ciekawe. Jak nas, proszę pani, wzięli wtedy z Pawiaka (to bardzo ciekawe będzie) – to nam dali po bochenku chleba i pojechałyśmy do Ravensbrück

Transport do obozu

w wagonach bydlęcych. Po sto nas załadowali do wagonu, jedna ciasno stała koło drugiej.

Ani wody, ani możności wyjścia, wszystko tak na stojący po nogach. I tak spałyśmy na stojący, nie mogłyśmy usiąść z samej ciasnoty. I tak jechałyśmy siedem dni.

Po drodze nas postawili na bocznym torze. Pociąg stał trzy godziny. Wtedy zaczęłyśmy wszystkie wyć do wody nieludzkimi głosami. Bo wieźli nas w tym zaplombowanym wagonie w upał, byłyśmy mokre od potu, czarne na twarzy od kurzu, ubranie na nas śmierdziało, nogi miałyśmy ubabrane w gnoju. Więc zaczęłyśmy wyć jak zwierzęta.

Wtedy przyszedł niemiecki oficer od drugiego pociągu, który wiózł rannych żołnierzy, i kazał wagon otworzyć. Ale nas konwojowali Ukraińcy. I powiedzieli, że nie wolno, że to jadą bandyci. Wtedy on zawołał drugich oficerów, bo był ciekawy, co tam jest. Odplombowali wagon i wtedy nas zobaczył.

Obraz oprawców

Proszę pani! Jak nas zobaczył, jego oczy zrobiły się okrągłe, ręce o tak rozcapierzył ze strachu. Tak się nas przeląkł! Wyglądał jak dzik!

Dopiero za jakiś czas spytał się, czy która mówi po niemiecku albo po francusku. Wiele mówiło. No więc wtedy kazał nam przynieść wody i wypuścić nas na tor, żebyśmy się oporządziły. Natychmiast też kazał otworzyć męskie wagony. Ale tam było gorzej. Bo nas było tylko tysiąc pięćset kobiet, a mówili, że mężczyzn było ze cztery tysiące. Więc w każdym wagonie było ich po trzydziestu, po czterdziestu uduszonych na śmierć!

Uspokoiła się, już to najciekawsze powiedziawszy. Głosem znużonym cicho kończyła swoje opowiadanie.

– Wtedy nas znów zaplombowali i do samego Ravensbrück już nas nikt nie otworzył. Żadna się nie udusiła, ale kilka zwariowało. Czy wyzdrowiały później? Nie. Nie wyzdrowiały. Zaraz pierwszego dnia je w Ravensbrück rozstrzelali.

Obraz ofiar – szaleństwo

Jak zwariowały, to rzucały się na nas, gryzły nas i szarpały. Jedna między nimi, która nic nie powiedziała na Pawiaku przy najgorszym badaniu, teraz krzyczała na głos nazwiska ludzi, wymieniała miejsca, gdzie jest zakopana broń w skrzyniach, w jakim lesie, na skrzyżowaniu dróg, w jakiej wsi. Mówiła, co tylko mogła sobie przypomnieć. Takeśmy się bały, że wszystkich zgubi. Ale oni już tego nie słuchali, tylko je jedną po drugiej zastrzelili.

Posmutniała.

– Strach mi, że nie zapamiętałam, jak się nazywały. Bo tam były wartościowe, zasłużone kobiety. Może ich teraz szuka rodzina, jak ja szukam moich dzieci. A ja nie mogę sobie przypomnieć, kto to był.

Widzi pani, widzi pani! Nawet Niemiec, i to się przeląkł, jak nas zobaczył. Cóż to dziwnego, że one nie mogły wytrzymać.

KOBIETA CMENTARNA

Droga do cmentarza prowadzi przez miasto pod tamtym murem. Wszystkie okna i balkony – dawniej pełne uwięzionych, stłoczonych ludzi, wyglądających na świat zza muru – są dziś bezludne. W przejeździe już od dawna widać na jakimś drugim piętrze to samo okno zawsze otwarte, a za nim obwisły gzyms z poczerniałą firanką, suchy kwiat w doniczce i też zawsze otwarte drzwiczki od tamtego kredensu, stojącego pod ścianą pokoju.

Mur getta warszawskiego

Mijają miesiące i nikt nie podnosi gzymsu ani drzwiczek od kredensu nie zamyka.

Obraz spustoszonego getta (Holocaust)

Droga na cmentarz powoli z miejsca żywych zamienia się na miejsce umarłych. Ale, objęte pustą architektoniczną ramą, to miejsce jeszcze nie całkiem wyjęte jest z obrębu życia. Bo oto słychać i oto widać.

Ponad najświeższą, młodziutką zielenią cmentarnych drzew – czarnymi chmurami wstępują ku górze kłęby dymu. Czasami przeszywa je długi płomień, jak wąska, czerwona, szybko migocąca szarfa na wietrze. Ponad wszystkim idzie przez niebo dalekie mruczenie aeroplanów.

Obraz spustoszonego getta (Holocaust)

Mijają miesiące i to nie zmienia się, to trwa.

Zewsząd nadchodzą wiadomości o zgonach. Umarł P. w obozie, umarła K. na jakiejś małej stacji kolejowej, schwytana na ulicy i wywieziona. Ludzie giną na wszelkie sposoby, wedle wszelkich kluczów, pod każdym pretekstem. Wydaje się, że nie żyją już wszyscy, że nie ma się przy czym upierać, nie ma przy czym obstawać. Tyle jest wszędzie tej śmierci. W podziemiach kaplic cmentarnych trumny stoją rzędami i oczekują niejako w ogonku na czas swego pogrzebu. Śmierć zwyczajna, osobista, wobec ogromu śmierci zbiorowej wydaje się czymś niewłaściwym. Ale rzeczą bardziej wstydliwą jest żyć.

Obraz śmierci indywidualnej

Obraz śmierci masowej

Nic z dawnego świata nie jest prawdziwe, nic nie zostało. Ludziom dane jest przeżywać rzeczy niejako ponad stan. Przerażenie staje pomiędzy nimi i odgradza ich od siebie. Jeden dla drugiego o każdej chwili staje się sposobnością do śmierci.

Rzeczywistość jest do wytrzymania, gdyż niecała dana jest w doświadczeniu. Albo dana niejednocześnie. Dociera do nas w ułamkach zdarzeń, w strzępach relacji, w echach wystrzałów, w dalekich dymach rozpływających się po niebie, w pożarach, o których historia mówi, że „obracają w perzynę", chociaż nikt nie rozumie tych słów. Ta rzeczywistość, daleka i zarazem rozgrywająca się o ścianę, nie jest prawdziwa. Dopiero myśl o niej usiłuje pozbierać ją, unieruchomić i zrozumieć.

Idziemy jeszcze raz cmentarną aleją. Odbywa się teraz uroczysty raut wiosenny umarłych. Umarłych dawno już i śmiercią zwyczajną.

Medaliony cmentarne

Mówią tylko swoje imię i nazwisko, mówią datę, rzadziej przypominają zawód swój i godności. Niekiedy w przejściu proszą półgłosem o westchnienie do Boga. Jest to niewiele. Są tam zawsze na tych samych miejscach i mówią wciąż to samo, odzywają się powściągliwie, skrępowani swoim konwenansem. Chcą tak zupełnie mało, nie narzucają się, nie zobowiązują nas do niczego. Zaledwie przypominają się pamięci, wystarcza im odrobina uwagi.

Zachęty dodaje niekiedy ktoś z najbliższej rodziny – niejako wprowadza i zarazem ośmiela. Jakaś bezimienna żona z dziećmi, „kładnąca mężowi tę pamiątkę", mówi kamiennym szeptem, że był najlepszy. Jakaś córka, ze swej strony od dawna już nieżyjąca, ślubuje zielonymi od mchu literami przywiązanie najukochańszej matce.

Ten jeden grób jest bez krzyża. Na cokole brązowego pomnika wypisano niezrozumiałe dziś słowa:

„...PATRZĄC Z WYSOKIEGO STANOWISKA EWOLUCJI
W NIESKOŃCZONĄ OTCHŁAŃ PRZYSZŁOŚCI
DOSTRZEGAMY TAM
NIE ROZPACZLIWE MROKI WIECZNEJ ŚMIERCI
LECZ ŻYWIĄCE BLASKI
WIECZNEGO I WCIĄŻ POTĘŻNIEJĄCEGO ŻYCIA".

Szpalerem umarłych nadciąga w tę stronę kobieta pielęgnująca kwiaty na grobach. Ma w rękach emblematy swej godności: miotłę i polewaczkę. Polewaczkę ustawia na płaskim kamieniu przy studni żelaznej i pompuje do niej wodę.

Na tym miejscu, już bliskim ogrodzenia, cmentarz jest cały zatopiony zielenią, groby leżą jak krótkie zagonki granatowych albo żółtych bratków. Kwitną i pachną konwalie, już za chwilę kwitnąć będą bzy. W powietrzu zielonym woła wilga, jak wołała każdej wiosny tam, przy domu dzieciństwa. Myszka polna chodzi drobniutko między bratkami, wspina się na ich łodygi, coś zjada.

Obraz spustoszonego getta (Holocaust)

Na ciszę rozwartego szeroko nieba ponad cmentarzem co kwadrans wypływa od strony lotniska powolny aeroplan i zakreślając łagodny półokrąg, odchodzi poza mury getta. Nie widać rzucanych w ciszy bomb. Ale śladami jego przelotu po dłuższej chwili podnoszą się długie, wąskie zwoje dymu. Później dają się też widzieć płomienie.

Kobieta cmentarna napełniła polewaczkę i odchodzi z nią w stronę kwiatów. Jest to ta sama, z którą rozmawia się tu niekiedy o rzeczach śmierci.

W czasach grozy przychodzi się na cmentarz jako na jedyne miejsce spokoju i bezpieczeństwa, jak do ogródka przy domu rodzinnym. Jak pod najpewniejszy o tamtym czasie adres.

Zachwiała i tą moją pewnością.

– Tutaj groby są lepsze – mówiła wtedy. – Tutaj groby są lepsze, bo tu jest sucho. Ciało leży i nie psuje się, tylko się wysusza. Tam na dołku, gdzie jest mokro, miejsca są tańsze. Tam tylko dwie trumny jedna na drugiej mogą leżeć.

Miała usposobienie łagodne i czułe. Przy tym była kompetentna, mogła zawsze służyć radą, a nawet pociechą. Była pełna i biała, niczym nie przejmowała się zanadto, na wszystko mając wyrozumienie.

– A tu jest wyżej – mówiła. – Tutaj jedną umarłą jak wykopali, to nic wcale nie była zmieniona. Mąż ją kazał wykopać. Była młoda kobieta i pochowana była w białej sukni. To i tę suknię miała na sobie całkiem białą. Jakby ją wczoraj pochowali.

Nie było zrozumiałe, czemu ją kazał wykopać. Wytłumaczyła to tak:

– Wykopali ją na sprawę, bo zaskarżył doktorów w szpitalu, że jej nie dopilnowali. Ona po urodzeniu pierwszego dziecka wyskoczyła przez okno i zabiła się na miejscu. I nie było nad nią jak się należy opieki. Więc ją wykopali i zawieźli do szpitala na sekcję. A później przywieźli ją z powrotem i pochowali. Ale już nie miała na sobie białej sukni, tylko niebieską.

Pochowali ją, ale też nie na długo. Nie minęło trzech miesięcy, jak znowu wyjmowali trumnę.

– Dlaczego?

– Dlatego, że ten mąż jej się powiesił i trzeba go było pochować. Pogłębili i wymurowali grób. I teraz tutaj leżą razem pochowani.

Jak właściwie skończyła się sprawa przeciw doktorom, też jasne nie jest. Widocznie jednak nie zaspokoiła pretensji młodego małżonka, skoro ucieczki przed swym cierpieniem szukał w śmierci.

Później przyszedł czas, gdy na cmentarz spadały pociski. Posągi i medaliony potłuczone leżały wzdłuż alei. Groby z otwartymi wnętrzami ukazały w pękniętych trumnach swych umarłych.

Ale kobieta cmentarna wobec tej sprawy również zachowała wrodzony spokój.

– Nic im nie będzie – powiedziała. – Nie umrą przecież drugi raz.

Teraz jednak, gdy oto wróciła znowu po wodę, widać, jak jest zmieniona.

– Co pani jest? Czy pani chorowała?

Jej okrągła, biała twarz poczerniała i schudła, czoło ma pomarszczone jakby od ciągłego wysiłku, oczy błyszczą jak w gorączce.

Bezradność świadków zbrodni ludobójstwa

– Nie, nic mi nie jest takiego – mówi pochmurnie. – Tylko że ludzie wcale tutaj nie mogą żyć.

Nawet jej głos jest niepewny, drżący i przyciszony.

– Mieszkania mamy wszyscy zaraz koło muru, to u nas wszystko słychać, co się u tamtych dzieje. Już teraz każdy wie, co to jest. Do ludzi strzelają po ulicach. Palą ich w mieszkaniach. Po nocach krzyki takie i płacz. Nikt nie może ani spać, ani jeść, nikt nie może wytrzymać. Czy to jest przyjemnie tego słuchać?

Rozejrzała się, jakby mogły ją słyszeć groby pustego cmentarza.

– To także przecież ludzie, więc ich człowiek żałuje – wyjaśniła. – Ale oni nas nienawidzą gorzej niż Niemców.

Zdawała się urażona mymi słowami naiwnej perswazji.

– Jak to, kto mówił? Nikt nie potrzebował mówić. Sama wiem. I każdy pani powie to samo, kto ich zna. Że niechby tylko Niemcy wojnę przegrały, to Żydzi wezmą i nas wszystkich wymordują... Pani nie wierzy? Nawet same Niemcy to mówią. I radio też mówiło...

Wiedziała lepiej, do czegoś jej była potrzebna ta wiara. Poprawiła polewaczkę na kamieniu przy studni i na nowo pompować zaczęła wodę. Gdy skończyła, podniosła głowę, jeszcze nadąsana. Zmarszczyła czoło i niespokojnie zamrugała oczami.

– Nie można wytrzymać, nie można wytrzymać – powtórzyła. Trzęsącymi rękami zaczęła wycierać sobie twarz z łatwych łez.

– Najgorsze jest to, że dla nich nie ma żadnego ratunku – mówiła cicho, jakby wciąż bojąc się, że kto usłyszy. – Tych, którzy się bronią, oni zabijają na miejscu. A tych, co się nie bronią, wywożą samochodami tak samo na śmierć. Więc co oni mają robić? Podpalają ich w domach i nie dają im wyjść. To matki zawijają dzieci w co tam mają miękkiego, żeby ich mniej bolało, i wyrzucają z okna na bruk! A później wyskakują same... Niektóre skaczą z najmniejszym dzieckiem na rękach...

Obraz ofiar

Podeszła bliżej.

– Z jednego miejsca od nas było widać, jak ojciec wyskakiwał z takim mniejszym chłopcem. Namawiał go, ale ten chłopiec się bał. Stał już na oknie i jeszcze się łapał za ramę przed tym ojcem. I czy go ojciec zepchnął, czy jak – tego nie było widać. Ale oba razem, jeden za drugim spadli.

Znowu zapłakała i drżącymi rękoma wycierała twarz.

– I nawet tego nie widać, to my słyszymy. To słychać tak, jakby coś miękkiego klapnęło. Plask, plask... Wciąż tak wyskakują, wolą wyskoczyć, niż się za życia spalić w ogniu...

Bezradność języka wobec śmierci

Nasłuchiwała. W miękkim nawoływaniu się ptaków cmentarnych rozeznawała dalekie głosy ciał upadających na kamienie. Dźwignęła polewaczkę i odeszła z nią w stronę żółtych i granatowych bratków na grobach. Niebem nadpływał nowy samolot od strony lotniska i wielkim zakolem zdążał ponad mury getta.

Rzeczywistość jest do zniesienia, gdyż jest nie cała wiadoma. Dociera do nas w ułamkach zdarzeń, w strzępach relacji. Wiemy o spokojnych pochodach ludzi idących bez sprzeciwu na śmierć. O skokach w płomienie, o skokach w przepaść. Ale jesteśmy po tej stronie muru.

Kobieta cmentarna widziała to samo i słyszała. I dla niej jednak rzecz tak przeplotła się z komentarzem, że zatraciła swą rzeczywistość.

PRZY TORZE KOLEJOWYM

Należy do tych umarłych jeszcze jedna, ta młoda kobieta przy torze kolejowym, której ucieczka się nie udała.

Obraz ofiar

Daje się poznać już dziś tylko w opowiadaniu człowieka, który to widział i który nie może tego zrozumieć. I żyje też już tylko w jego pamięci.

Wiezieni długimi pociągami w zaplombowanych wagonach do obozów zniszczenia uciekali niekiedy w drodze. Ale niewielu się na taką ucieczkę ważyło. Wymagało to odwagi większej, niż tak bez nadziei, bez sprzeciwu i buntu jechać na pewną śmierć.

Ucieczka udawała się niekiedy. W ogłuszającym łoskocie pędzącego towarowego wagonu nikt z zewnątrz nie mógł usłyszeć, co w środku się dzieje.

Jedynym sposobem było wyłamanie desek z podłogi wozu. W ciasnocie stłoczonych ludzi, zgłodniałych, cuchnących i brudnych, rzecz zdawała się prawie niewykonalna. Trudno było się nawet poruszyć. Zbita masa ludzka, miotana rwącym rytmem pociągu, zataczała się i kołysała w dławiącym zaduchu i ciemności. Jednak nawet ci – zbyt słabi i lękliwi – którzy nie mogli marzyć o ucieczce, zrozumieli, że innym trzeba to ułatwić. Odchylali się, przywierali do siebie, unosili powalane nawozem stopy, by otworzyć drogę do wolności innym.

Sposób charakterystyki bohaterów

Podważenie deski z jednej strony już było początkiem nadziei. Trzeba ją było oderwać zbiorowym wysiłkiem. To trwało godziny. A wtedy zostawała do oderwania druga i trzecia deska.

Najbliżsi pochylali się nad wąskim otworem i cofali z lękiem. Trzeba było zebrać się na odwagę, by – próbując rękami na przemian i nogami – wypełznąć przez wąską szczelinę ponad łomotem i zgrzytem żelastwa, w wichrze dmącego spodem powietrza, ponad przemykającymi podkładami – dopaść osi i w tym uczepie przepełznąć rękami do miejsca, w którym skok dawałby prawdopodobieństwo ratunku. Wypaść pomiędzy szyny lub poprzez koła na brzeg toru – różne były sposoby. A później oprzytomnieć, stoczyć się niewidzialnie z nasypu i uciekać w obcy, nęcący ciemnością las.

Ludzie wpadali pod koła i często ginęli na miejscu. Ginęli, uderzeni wystającą belką, kantem zasuwy, rzuceni pędem o słup sygnału czy przydrożny kamień. Albo łamali ręce i nogi, wydani w tym stanie na wszelkie okrucieństwo wroga.

Tym, którzy ważyli się zestąpić w huczącą, rozpędzoną, łomoczącą czeluść, było wiadomo, na co idą. I wiadomo było tym, co zostali – chociaż z zasuniętych drzwi ani z wysokiego okienka nie było sposobu się wychylić.

Kobieta leżąca przy torze należała do odważnych. Była trzecią z tych, którzy zestąpili w otwór podłogi. Za nią stoczyło się jeszcze kilku. W tej samej chwili nad głowami podróżnych rozległa się seria strzałów – jakby coś wybuchało na dachu wagonu. I zaraz strzały umilkły. Ale jadący mogli teraz patrzeć na ciemne miejsce po wyrwanych deskach, jak na otwór grobu. I jechać spokojnie dalej w stronę własnej śmierci, która czekała ich u kresu drogi.

Obraz ofiar

Pociąg od dawna zniknął w ciemnościach ze swym dymem i łoskotem, naokoło był świat.

Człowiek, który nie może zrozumieć i nie może zapomnieć, opowiada to jeszcze raz.

Gdy się rozwidniło, kobieta, ranna w kolano, siedziała na zboczu rowu kolejowego, na wilgotnej trawie. Ktoś zdołał uciec, ktoś dalej od toru, pod lasem, leżał bez ruchu. Uciekło kilku, zabitych było dwóch. Ona jedna została tak – ani żywa, ani umarła.

Obraz ofiar

Gdy znalazł ją, była sama. Ale powoli zjawiali się ludzie w tym pustkowiu. Nadchodzili od strony cegielni i ode wsi. Stawali lękliwie, patrzyli z oddalenia – robotnicy, kobiety, jakiś chłopiec.

Bohater zbiorowy

Co chwila tworzył się niewielki wianuszek ludzi, którzy stojąc, oglądali się niespokojnie i prędko odchodzili. Przychodzili inni, ale też nie zatrzymywali się dłużej. Rozmawiali z cicha między sobą, wzdychali, jakoś się naradzali odchodząc.

Rzecz nie nasuwała wątpliwości. Jej kręte, krucze włosy były rozczochrane w sposób zbyt wyraźny, jej oczy przelewały się zbyt czarno i nieprzytomnie pod opuszczonymi powiekami. Do niej nie odezwał się nikt. To ona zapytywała, czy ci, co leżą pod lasem, nie żyją. Dowiedziała się, że nie żyją.

Był biały dzień, miejsce otwarte, z dala zewsząd widoczne. Ludzie zwiedzieli się już o wypadku. Czas był wzmożonego terroru. Za danie pomocy lub schronienia groziła pewna śmierć.

Jednego młodego człowieka, który stał dłużej, później odszedł na parę kroków i znowu wrócił, poprosiła, by przyniósł jej z apteki weronalu. Dała pieniądze. Odmówił.

Chwilę leżała, zamknąwszy oczy. Znów usiadła, poruszyła nogą, ujęła ją w obie ręce, usunęła z kolana spódnicę. Ręce miała zakrwawione. Ten wyrok śmiertelny na nią, uwięzły w jej kolanie, tkwił tam jak gwóźdź, którym przybita była do ziemi. Leżała długo i spokojnie, oczy zbyt czarne mocno zakryła powiekami.

Sposób charakterystyki bohaterów

Gdy je wreszcie odsłoniła, zobaczyła wokół siebie nowe twarze. Ale ów młody człowiek jeszcze stał. Wtedy poprosiła, by kupił jej wódki i papierosów. Wyświadczył jej tę przysługę.

Gromadka na zboczu nasypu ściągała uwagę. Wciąż ktoś nowy się przyłączał. Leżała pośród ludzi, ale nie liczyła na pomoc. Leżała jak zwierzę ranne na polowaniu, którego zapomniano dobić. Była pijana, drzemała. Nieprzeparta była ta siła, która odgradzała ją od nich wszystkich pierścieniem przerażenia.

Bohater zbiorowy

Mijał czas. Stara wieśniaczka, która była odeszła, zdążyła wrócić. Była zdyszana. Podeszła blisko, wyjęła spod chustki ukryty blaszany kubek mleka i chleb. Nachyliła się, pospiesznie włożyła to w ręce zranionej i zaraz odeszła, by tylko z daleka popatrzeć, czy wypije. Dopiero kiedy zobaczyła idących od miasteczka dwóch policjantów, zniknęła, zasłaniając twarz chustką.

Inni rozeszli się też. Tylko ten jeden małomiasteczkowy frant, który przyniósł wódki i papierosów, dotrzymywał jej wciąż jeszcze towarzystwa. Ale ona nie chciała już od niego nic więcej.

Policjanci podeszli poważnie, aby zobaczyć, co to jest. Zrozumieli sytuację, naradzali się, co mają zrobić. Zażądała, by ją zastrzelili. Umawiała się o to z nimi półgłosem, byle nie dawali nigdzie znać. Nie byli zdecydowani.

Obraz ofiar

Odeszli i oni, rozmawiając, przystając i znów idąc dalej. Nie było wiadomo, co postanowią. Ostatecznie nie zechcieli jednak spełnić jej żądania. Zauważyła, że poszedł z nimi ten uprzejmy młody, który podawał jej ogień do papierosów zapalniczką niechcącą się zapalić. I któremu powiedziała, że jeden z tych dwóch zabitych pod lasem to jej mąż. Wydawało się, że ta wiadomość była mu nieprzyjemna.

Spróbowała napić się mleka, ale po chwili w zamyśleniu odstawiła kubek na trawę. Przetaczał się ciężki, wietrzny dzień przedwiosenny. Było chłodno. Za pustym polem stało parę domków, z drugiej strony kilka niedużych, chudych sosen zamiatało gałęziami niebo. Las, do którego mieli uciec, zaczynał się dalej od toru, poza jej głową. To pustkowie było całym światem, który oglądała.

Młody człowiek wrócił. Znowu popiła wódki z butelki, a on podał jej ognia do papierosa. Lekki, ruchomy zmierzch nasuwał się na niebo od wschodu. Na zachodzie kłębki i smugi chmur wstępowały bystro ku górze.

Nowi ludzie przystawali, wracający z roboty. Dawniejsi objaśniali tych nowych, co się stało. Mówili tak, jakby nie słyszała ich wcale, jakby jej już nie było.

– To jej mąż tam leży zabity – mówił kobiecy głos.

– Uciekli z pociągu w ten lasek, ale strzelali za nimi z karabinu. Zabili jej męża, a ona tu sama została. W kolano ją trafiło, nie mogła dalej uciekać...

– Żeby to z lasu, to by ją było łatwiej gdzie wziąć. Ale tak, na ludzkich oczach – nie ma sposobu.

Bohater zbiorowy

To mówiła stara kobieta, która przyszła po swoją blaszaną kwartę. W milczeniu popatrzyła na mleko rozlane w trawie.

Tak więc nikt nie zapragnął zabrać jej stąd przed nocą ani wezwać doktora, ani odwieźć do stacji, skąd mogłaby pojechać do szpitala. Nic takiego nie było przewidziane. Szło już tylko o to, aby tak lub inaczej umarła.

Gdy otworzyła oczy o zmierzchu, nie było przy niej nikogo prócz dwóch policjantów, którzy wrócili, i tego jednego, który już teraz nie odchodził wcale. Znowu powiedziała, by ją zastrzelili, ale bez wiary, że to zrobią. Obie ręce położyła na oczach, żeby już nic nie widzieć.

Policjanci jeszcze wahali się, co mają robić. Jeden namawiał drugiego. Tamten odrzekł:

– To ty sam.

Ale usłyszała głos tego młodego:

– No to dawaj pan mnie...

Drożyli się jeszcze i spierali. Spod uchylonej powieki zobaczyła, jak policjant wyjął rewolwer z futerału i podał nieznajomemu.

Ludzie, małą grupką stojący dalej, widzieli, że nachylił się nad nią. Usłyszeli strzał i odwrócili się ze zgorszeniem.

Obraz śmierci

– Już mogli lepiej wezwać kogo, a nie tak. Jak tego psa.

Gdy się zrobiło ciemno, wyszło z lasu dwóch ludzi, żeby ją zabrać. Z trudem odnaleźli to miejsce. Myśleli, że śpi. Ale gdy jeden wziął ją za plecy, zrozumiał od razu, że ma do czynienia z trupem.

Leżała tam jeszcze całą noc i poranek. Aż przed południem przyszedł sołtys z ludźmi i kazał ją zabrać i zagrzebać razem z tamtymi dwoma, zabitymi przy torze kolejowym.

– Ale dlaczego on do niej strzelił, to nie jest jasne – mówił opowiadający. – Tego nie mogę zrozumieć. Właśnie o nim można było myśleć, że mu jej żal...

DWOJRA ZIELONA

Sposób charakterystyki bohaterów

Nieduża kobieta z czarną przepaską na oku stanęła przy ladzie. Jej równie drobny i cokolwiek dziwny towarzysz z czarnymi wąsikami zażądał dla niej okularów.

– Przez parą lat ta pani nie nosiła okularów – powiedział znacząco i życzliwie.

– Dlaczego?

– Dlatego, że była w obozie.

Co do oka, to okazało się, że jest nieodpowiednie. Jest za duże i nie chce wejść. A po okulary trzeba jeszcze przyjść nazajutrz.

– Czy nie zechciałaby pani ze mną porozmawiać? Moglibyśmy wstąpić tu obok do cukierni.

Zdziwiła się. Nie mogła iść do cukierni. Była zajęta. Musiała wracać do mieszkania, gdyż jest zamknięte, a klucz ma ona ze sobą. Do mieszkania, gdzie właśnie od dwóch dni znalazła zajęcie.

Idziemy tedy razem przez szeroką ulicę Pragi i ciemną bramą przenikamy w podwórze wielkiej rudery o brudnych, poczerniałych ścianach z poodbijanym tynkiem. Głęboko w rogu, za oblazłymi z brudnej farby drzwiami, zaczyna się mroczna sień.

– To jest na trzecim piętrze.

Drewniane schody idą pod górę nieprzerwanym ciągiem w ciemności. Trzeba się trzymać poręczy, uważnie macać podeszwami wyrwy w deskach, by nie upaść. Dopiero na pierwszym piętrze załamuje się ich ciągły bieg. Równy pomost podłogi wiedzie z powrotem do miejsca, w którym zaczynają się ponad tamtymi nowe schody i znowu jednym długim tchem sięgają piętra drugiego.

U wejścia na trzecią kondygnację stoimy chwilę przy oknie. Patrzymy w wielkie, ciemne i brudne podwórze.

– Jakie pani ma zajęcie?

– Sprzątam i pilnuję mieszkania. Bo w tym mieszkaniu będzie żydowskie ambulatorium.

– Więc znalazła pani swoich ludzi? Ma pani opiekę i przyjaciół?

– Jestem sama – odpowiada spiesznie. – Jestem sama – powtarza jeszcze raz.

Sposób charakterystyki bohaterów

– Jednak ten pan, który odszedł, kupował dla pani okulary. I oko.

Na to z trudem przystała.

– Owszem, kupią mi oko. I nawet chcą wprawić zęby – zawahała się i ciężko wyznała: – Ale to nie jest rodzina.

Idziemy już ostatnią kondygnacją i znów wracamy równym pomostem, obwiedzionym drewnianą poręczą. W miejscu, gdzie na niższych piętrach są okna, na trzecim otwierają się wypełzłe, chwiejne drzwi oszklone. Wychodzą na napowietrzny ganek drewniany z poręczą, uczepiony muru, trzeszczący nad próżnią.

Zatrzymujemy się przy trzecich z kolei drzwiach, zamkniętych jak gdyby na okiennice.

– To tutaj – powiada.

Wyjmuje klucz i otwiera wetkniętą w skoble olbrzymią kłódkę. Drzwi otwierają się na rozległe, puste mieszkanie. Jeden pusty, ponury pokój z umytą podłogą, drugi też wysprzątany, z niskim pod ścianą legowiskiem. W trzecim stół pod ścianą, jedno i drugie krzesło.

– O, tutaj możemy rozmawiać. Niech pani siądzie.

Siadamy naprzeciwko siebie przy rogu tego stołu.

– Oni są dobrzy. Ale to nie jest rodzina – powtarza. – Nie ma nikogo. Mój mąż jest zabity w roku 43 na stacji Małaszewicze, osiem kilometrów pod Brześciem Litewskim. W lagrze. Zabitych było tysiące, bo zabijali tak co dziesiątego, zabijali co parę dni. Nie, sama tego nie widziałam, ale o tym słyszałam. Bo tam nie byłam, byłam w Międzyrzecu. I jedno wiem, że w 42 roku mój mąż był jeszcze żywy. Bo wtedy lotnik niemiecki wziął list do męża i była na ten list odpowiedź, że mój mąż się kłania. A później dowiedziałam się, że jest zabity.

Historia indywidualna bohatera

Wstała i wpuściła ludzi, którzy przyszli naprawiać w kuchni zlew.

– Mam trzydzieści pięć lat, tylko że tak wyglądam. Nie mam zębów, nie mam oka...

Wyszła za mąż, mając dwadzieścia trzy lata. Mieszkali w Warszawie przy ulicy Stawki. Ona pracowała w fabryce, robiła na maszynie wełniane rękawiczki, on był szewcem. Naprzód też pracował w fabryce, później robił buty w domu. Owszem, było im dosyć ciężko. Dzieci nie mieli.

Historia indywidualna bohatera

– Mąż się nazywał Rajszer, ale ja się nazywam Zielona. Bo nie miałam papierów i zapisali mi nazwisko ojca.

Po chwili zastanowienia dodała jeszcze:

– A na imię mam Dwojra.

Obraz getta

W roku 39 bomby rozwaliły dom na Stawkach. Stracili wszystko – rzeczy, ubranie. I przenieśli się do Janowa Podlaskiego. Westchnęła.

– Tam już nosiliśmy żółty trójkąt, sześć takich szpicy, palestyński znak. A dopiero później nosiliśmy opaski. Oboje.

W październiku 42 roku już męża nie było, bo pracował w tym lagrze Małaszewicze. Wtedy całe miasto Janów Podlaski wysiedlili do Międzyrzeca. To był taki Judenstadt[3], tam byli wszyscy Żydzi z lubelskiego województwa. Co dwa tygodnie wywozili ludzi do Treblinki koleją. Ta reszta, co została, była zamknięta w getcie. Inni ginęli, ona nie.

Holocaust

– Jak była akcja, to ja się zawsze schowałam. Siedziałam na strychu.

Rozpostartymi palcami obu rąk przesłoniła swą twarz. I patrzyła chwilę jednym okiem przez szpary między palcami.

– Czy to znaczy, że pani zakrywała sobie twarz rękami?

Uśmiechnęła się.

– Gdzie tam. Ja tylko pokazuję pani, że się tak zawsze chowałam.

Siedziała na strychu i myślała: „Teraz żyję, a za godzinę nie wiem, co będzie". Ale inni ginęli, a ona nie.

– Raz się tak chowałam, jak była akcja, przez całe cztery tygodnie. Bez jedzenia.

To także, jak te rozcapierzone palce na twarzy, należało rozumieć w pewnym sensie metaforycznie.

– No, wzięłam parę cebulki i miałam tam mannę kaszę, więc to jadłam. Nie, nie gotowane. Skąd! Nie było przecież wody. Miałam też trochę kawy mielonej, zbożowej, to także jadłam surową tę kawę. Nic mnie nie bolało. Myślałam: umrę. Byłam taka osłabła. Byłam sama jedna na świecie.

Raz usłyszałam, że był ruch na ulicy. Było to w grudniu 42 roku. Usłyszałam ruch, to wiedziałam, że już placówki nie pilnują. Więc zeszłam. Po akcji można było znowu chodzić w środku między drutami. Owszem, była jeszcze gmina żydowska. Oni dawali trochę chleba.

Ale nie było ważne to całe życie nasze...

Miałam kilka koszuli, to sprzedawałam i kupiłam sobie chleb na jutro, na pojutrze.

Oko straciłam pierwszego stycznia 43 roku. Była taka zabawa u Niemców. Oni się bawili w Sylwestra. Zastrzelili sześćdziesiąt pięć ludzi. Z mojego domu to ja jedna zostałam, że jeszcze żyję. Strzelali na ulicy, na śniegu, o szóstej rano. Wchodzili do mieszkań. To ja chciałam uciekać, wyskoczyłam przez okno. Myślałam, że się zabiłam. I dostałam strzał w oko.

Historia indywidualna bohatera

Jak do mnie strzelali, to tak czułam: „a może jeszcze żyję...".

Zniżyła głos, mówiła poufnie:

– Pani powiem: ja chciałam żyć. Nie wiem, bo nie miałam męża ani rodziny, ani nikogo, i chciałam żyć. Oka nie miałam, byłam głodna i chłodna – i chciałam

[3] *Judenstadt* – (niem.) getto żydowskie, miasteczko żydowskie.

żyć. Dlaczego? To pani powiem: po to, żeby powiedzieć wszystko tak, jak pani teraz mówię. Niech świat o tym wie, co oni robili.

Myślałam, że będę żyła ja tylko jedna. Myślałam, że nie będzie na świecie ani jednego Żyda.

Zabrali mnie do szpitala. W oku nic nie czułam, tylko mnie więcej bolało tutaj: krzyż i nogi. Od stłuczenia. To mówiłam: „Dajcie mnie noża". Bo chciałam zrobić z sobą koniec. Już nie mogłam żyć. Oka nie miałam, nic nie miałam. Oko wypłynęło całe. Na uchu też miałam ranę. Mieli mnie prześwietlić. Ale samo się zagoiło.

Obraz ofiar

Jak już resztę nas zabrali, to już się nie chowałam. I sama poszłam za naszymi do tego Majdanka.

Grosza nie mam, jedzenia nie mam, oka nie mam. Żydów nie ma – to co miałam robić sama na tym strychu? Kawałek chleba już też nie miałam. Jak mam umrzeć, to wolałam umrzeć razem z nimi, nie sama.

Lager – warunki życia

No to poszłam do Majdanka. Tam dawali chleba bardzo mało. I trochę zupy o dwunastej.

Czyśmy sobie wzajemnie pomagali? Bo ja wiem. Trochęśmy pomagali. Ale niedużo. Ach, pani wie, każdy ma swój kłopot: co może zrobić? Co dwa tygodnie była selekcja, taka przebierka. Co można zrobić?

Czy mnie bili? Owszem: raz w Majdanku esmanka Brygida – to ona mnie zbiła. Czym? Kija miała. Dostałam od niej po głowie. A za co?

Obraz oprawców

Śmieje się z politowaniem.

– Bo ona tak chciała, nic więcej. Wszystkie wtedy dostały. Bo jedna kapowa[4], taka führabtarina, powiedziała o jednej z nas, że ona robi geszeft. Że coś kupuje. I za tę jedną wszystkie dostały. Ale czy ona robiła geszeft[5]? Ja nie wiem.

Uciec nie można było. Jedna panienka uciekła. To ją złapali i powiesili. Taki tam stał słup i hak... Było nas z dziesięć tysięcy na placu i musieliśmy wszystkie na to patrzeć.

Była spokojna, bardzo spokojna – esman spytał się, co ona chce przed śmiercią. A ona powiedziała: „Nic, nic, prędzej zrób, co chcesz". Dwadzieścia lat miała, była delikatna.

Byli też dwaj bracia. Oni się później sami powiesili.

Wstała, żeby wypuścić robotników, którzy już skończyli swoją pracę. Ale wróciła zaraz i usiadła na swym miejscu.

– Raz przyszedł esman ze Skarżyska-Kamienna, szef Imfling. Powiedział: „Kto chce pracować, to pojedzie do pracy". Umiałam pracować, to pojechałam. To była fabryka amunicji.

Praca przymusowa

Tam nie dostałam bicia ani razu. Ale tam też coraz była selekcja, jak już kto raz był w szpitalu, to go zabili. Kto miał zwolnienie od pracy, choćby parę dni przestał robić – już go zabili.

Sposób charakterystyki bohaterów

Ja miałam tylko jedno oko i zrobił mi się na tym oku taki jęczmień jak wrzód. No to byłam ślepa. Ale pracowałam, żadnego dnia nie opuściłam, po dwanaście godzin. Tydzień przez dzień, tydzień przez noc. I widzi pani, nie uwolniłam się, nie

[4] *Kapowa* – więźniarka obozu koncentracyjnego, nadzorująca innych więźniów.

[5] *Geszeft* – interes, spekulacja handlowa.

poszłam do doktora. Bałam się. Bo to była śmierć. Myślałam, że może przeżyję i tak, a może...

Uśmiechnęła się nieśmiało i wstydliwie.

– Widać znowu chciałam żyć.

Jeszcze coś sobie przypomniała.

– Teraz pani powiem, jak było z zębami. Kiedy przyszłam do Skarżyska-Kamienna, tam dawali tylko trochę zupy. To byłam strasznie głodna.

Obraz ofiar

Można było jedzenie kupić od robotników, którzy przychodzili pracować z miasta. Czasami sami coś dawali, ale prędzej trzeba było kupić. A ja nie miałam pieniędzy. To sama wyrwałam sobie złote zęby.

Czy wyrwałam sznurkiem? Nie. Tylko przez kilka dni ruszałam. Jak się dobrze ruszał, to już łatwo dał się wyrwać. Sam wyszedł. Za jeden ząb dostałam osiemdziesiąt albo osiemdziesiąt pięć złotych. I kupiłam sobie dosyć chleba.

Trzynaście miesięcy tak robiłam. W Skarżysku. Jak się Ruski przybliżył do Skarżyska, to Niemcy całą fabrykę z nami przenieśli do Częstochowy. I tam była znowu taka sama robota.

Holocaust

Siedemnastego stycznia przyszli Sowieci. Esmani uciekli szesnastego. W Częstochowie było piętnaście tysięcy Żydów. Zostało pięć tysięcy, resztę powieźli do Niemiec, kolejami. Nic na to nie można było zrobić. Były takie zapisy. Majster zapisywał i ludzi według zapisu brali.

Majstrzy nas pilnowali. Żeby jeszcze parę godzin Sowieci nie przyszli, byłoby po nas.

Byliśmy już ustawieni na ulicy. Ale Sowieci przyszli i majstrzy uciekli.

Czyśmy się ucieszyli, jak przyszli? Tak, cieszyliśmy się bardzo. Bośmy już nie byli za drutami, bośmy byli wolni. Witaliśmy ich, aleśmy ani nie krzyczeli, ani nic.

Westchnęła.

– Nie mieliśmy siły...

WIZA

– Nie mam niechęci do Żydów. Tak samo jak nie mam niechęci do mrówki ani do myszki.

Czeka przez chwilę, co na to powiem.

Sposób charakterystyki bohaterów

Siedzi ciężko. Jest duża i dosyć tęga. Nie rozstała się dotąd ze swym obozowym chałatem w szare i granatowe pasy. Aż dotąd też ma włosy obcięte krótko przy głowie, jak mężczyźni. I na niej taką samą w szare i granatowe pasy czapeczkę.

Przyszła z wizytą. Siedzi na miękkim krześle w pokoju hotelowym. O nic nie prosi, niczego nie potrzebuje. Nie potrzebuje zwłaszcza pieniędzy.

A te, które otrzymała w Opiece, pragnie co prędzej oddać komukolwiek, komu są bardziej potrzebne. W ostateczności chce je oddać choćby na przechowanie. Takim ją bowiem przejmują obrzydzeniem.

Ręką trzyma oparte o poręcz krzesła dwie duże drewniane kule.

– Dlaczego ja mówię o tej myszce – odpowiada, chociaż nie zapytałam jej o to. I uśmiecha się.

Uśmiecha się ładnie. Pokazuje przy tym dużo białych, młodych zębów. Jej oczy brunatne świecą się silnie, policzki są ciemne i rumiane.

Jest młoda, ale bardzo zeszpecona tymi za krótkimi włosami, zjeżonymi jak szczotka, tą czapką kuchcika i dużymi okularami na nosie.

– Bo raz z jedną mariawitką[6] obierałyśmy w kuchni blokowej kartofle. I w tych kartoflach znalazłyśmy gniazdko myszy. Gniazdko było w ziemniaku. Cały środek był wyjedzony, a one siedziały w łupce. To były trzy myszki młode, zupełnie jakby gołe. Takie brudnoróżowe. Ta mariawitka chciała je dać kotowi. Ale ja nie pozwoliłam...

Waha się przez krótką chwilę.

– Bo powstała we mnie taka myśl: a jak on będzie, ten kot, jadł te myszy?

I dodaje z niechęcią:

– Była we mnie taka ciekawość jak w gestapowcu – jak to będzie wyglądało?...

Obraz ofiar

Zastanowiła się dłużej nad tym szczególnym zjawiskiem. Popatrzyła jak gdyby wewnątrz siebie i westchnęła.

Sposób charakterystyki bohaterów

– Więc schowałam je na powrót do tej łupki i zasunęłam głęboko w słomę. Może matka je znajdzie i jakoś się uratują.

Tak więc naprawdę nie ma niechęci do Żydów, mimo że sama jest chrześcijanką. Przeszła na katolicyzm jeszcze w początkach wojny, gdy bardzo się męczyła, oglądając tyle niesprawiedliwości i okrucieństwa. Myśl o mękach Pana Jezusa pomogła jej łatwiej to znieść.

Miała polskie nazwisko i polskie papiery, w obozie była jako Polka, nie jako Żydówka. Nie wie dobrze, kto byli jej rodzice, nie widziała ich nigdy. Zna tylko swoją babkę, która ją wychowała. Ale to nie jest ważne. Babka też zresztą już nie żyje.

Ta okoliczność wymaga także chwili zastanowienia.

– Nikim w ogóle nie pogardzam. Ale to nie jest ważne. Ważna jest natomiast rzecz następująca: pani wie, co to jest: iść na wizę?

– Nie wiem.

– W obozie od samego rana esmanki wołały: „Idźcie na wizę! Idźcie na wizę!"... A Jugosłowianki mówiły: „Iti na luku...".

To było w październiku. Dnie bardzo zimne, mokro. Wszystkie kobiety z jednego bloku szły na wizę. I zostawały tam do wieczora. Bo blok musiał być czysty.

Tytułowa wiza

A wiza to jest łąka pod samym lasem, pod drzewami. Stały tam na zimnie przez cały dzień bez jedzenia i bez żadnej roboty. Blok musiał być czysty, sprzątanie i czyszczenie trwało kilka dni. A one tam stały. Nie wiem, ile ich mogło być. Wielka gromada. Niemcy pewno dlatego ich tak niena-

6 *Mariawitka* – kobieta należąca do starokatolickiego zakonu Mariawitek.

widzili, że ich było tak dużo... Francuzki, Holenderki, Belgijki, dużo Greczynek. Te Greczynki były w najgorszym stanie. Polki i Rosjanki były silniejsze.

Stały wszystkie ciasno, jedna obok drugiej, chociaż miejsca było dosyć. Brudne, owrzodzone, ostrupiałe. Były między nimi chore i nawet umierające. Ich już wcale nie leczyli...

Obraz ofiar

Mówi wciąż o nich, nie o sobie. Więc nie jest jasne, czy była tam z nimi, czy też patrzyła z zewnątrz.

– Bo one były w obozie już siedem miesięcy, a my ledwie przyjechałyśmy ze świeżym transportem. Ale już zaraz na drugi dzień byłyśmy też na wizie. Wyglądały strasznie i właśnie najgorzej, że ich było tak dużo. Wiedziałam, że z nami będzie to samo.

Nie mówi o tym, co cierpiała sama. Mówi wciąż tylko o innych.

– Nie bałam się. Wiedziałam, że umrę, więc się nie bałam.

O sobie może powiedzieć to, że się zawsze modliła, gdy ją bili. Modliła się, żeby nie czuć nienawiści. Nic więcej.

Niewiele też ma do powiedzenia o swym kalectwie. Noga źle się zrosła, więc trzeba jeszcze raz zrobić operację, kość złamać i na nowo ją zestawić. Owszem, naturalnie, pójdzie do szpitala, ale nie zaraz. Przedtem musi niektóre swoje sprawy załatwić. Na przykład chciałaby jeszcze pojechać do Gdańska i zobaczyć morze. A także odwiedzić jedną koleżankę z obozu, która jest teraz w Poznaniu. Właśnie dostała od niej list i wie, że będzie się mogła jej w czymś przysłużyć.

Obraz ofiar

W jakich okolicznościach złamała nogę i czy wtedy także nie czuła nienawiści, nie wiadomo. W każdym razie do szpitala pójdzie dopiero później.

– Na wizę wyganiali przez cały tydzień każdego dnia. Stały tam wciąż bardzo ściśnięte, żeby się ogrzać. Wszystkie starały się być w środku, dla ciepła, żadna nie chciała zostać na skraju. Schylały głowę i wciskały się między inne, jak mogły. Wciąż się to wszystko razem ruszało...

Obraz śmierci masowej

Niektóre były całe w ranach, a przecież się jedna do drugiej przyciskały. I coraz więcej ich umierało.

Cały tydzień tak je wyganiali. Aż do selekcji.

– Jeden dzień był też zimny, ale w południe pokazało się słońce. Wtedy one wszystkie przesunęły się w tę stronę, gdzie słońca nie zasłaniały drzewa. Przesunęły się nie jak ludzie, tylko jakby jakieś zwierzątka. Albo jakby jakaś masa...

Obraz ofiar (siła duchowa)

Tego dnia właśnie Greczynki śpiewały hymn narodowy. Nie po grecku. One śpiewały po hebrajsku żydowski hymn... Śpiewały w tym słońcu bardzo pięknie, głośno i mocno, jakby były zdrowe.

– To nie była fizyczna siła, proszę pani, bo przecież one właśnie były najsłabsze. To była siła tęsknoty i pragnienia.

Tytułowa wiza

Na drugi dzień była selekcja. Przyszłam na wizę i wiza była pusta.

CZŁOWIEK JEST MOCNY

Pałac, którego już nie ma, stał na samym skraju wzgórza, ponad rozległym widokiem na wiosenny kraj, gładki po horyzont, podzielony równo zielonymi polami.

Pałac roztrzasnął się, jak mówi Michał P. Został wysadzony w powietrze o tym samym czasie, gdy w pobliskim słynnym lesie Żuchowskim spłonęły cztery krematoria.

Był użyty jako dekoracja, jako wspaniała brama architektoniczna wiodąca z życia do śmierci. Grał rolę metafory w tym obrzędzie, który odbywał się tu przez długi czas z nieodmiennym codziennym ceremoniałem. Ludzie zmęczeni drogą, jeszcze żywi, jeszcze będący sobą we własnych ubraniach podróżnych, mijali jedną i drugą bramę i wjeżdżali na wewnętrzny dziedziniec rezydencji. Z ciężarowego samochodu odpadały tylne drzwi, podróżni, pomagając sobie nawzajem, wstępowali tłumnie po stopniach schodów, mogąc jeszcze mniemać, że – według napisu nad wejściem – wchodzą do Zakładu Kąpielowego. Po pewnym czasie, przebywszy w poprzek wnętrze gmachu, ukazywali się na ganku po jego stronie przeciwnej już tylko w bieliźnie – niektórzy jeszcze z kawałkiem mydła i ręcznikiem w dłoni. Przynaglani do pośpiechu, uchylając się od uderzeń kolbami, wbiegali bezładnie po kładce w czeluść ustawionego tyłem do pałacu, wielkiego jak wagon meblowy auta gazowego.

Obraz śmierci masowej

Drzwi hermetyczne zatrzaskiwały się z łoskotem. Teraz dopiero ludzie o innym przeznaczeniu, siedzący w piwnicach pałacowych, mogli usłyszeć wielki krzyk przerażenia. Zamknięci w pułapce wołali na pomoc, bili pięściami o ściany wozu. Po kilku minutach, gdy krzyki ucichły, maszyna odjeżdżała. O czasie właściwym na jej miejsce przychodziła nowa.

Pałacu już nie ma. I nie ma tych ludzi. Na krawędzi wzniesienia pozostał płaski czworobok odmiennej roślinności, wypełzającej łodygami i liściem spomiędzy drobnego gruzu, ograniczony przyziemnymi szczątkami murów.

I został pod urwiskiem w dole wielki obszar widzianego świata – dalekie zielone pola, majowe drzewa nad łąkami, zachodzące na siebie błękitne smugi lasów na widnokręgu.

W słońcu zebrała się na miejscu dawnych ogrodów grupka ludzi. Każdy może powiedzieć, co się tu działo. Naokoło pałacu wystawili parkan drewniany, wysoki na trzy metry. Zobaczyć można było niewiele. Ale można było słyszeć, jak coś wywlekali, jak szczękały łańcuchy. W straszny mróz Żydów wyganiali w koszulach. Przed pałacem wciąż huczały wielkie maszyny i wykręcały do Żuchowskiego lasu. Krzyki ludzkie też było słychać.

Holocaust

– Ja mieszkałem w Ugaju, pracowałem u Niemców.

Tak mówi Michał P., młody, wielki Żyd, atletycznej budowy, o małej głowie. Mówi niegłośno, spokojnie, ale jednak uroczyście, jakby recytował tekst święty.

Historia indywidualna bohatera

– Zaprowadziłem do samochodu mojego ojca i moją matkę. Później zaprowadziłem moją siostrę i jej pięcioro dzieci, i mojego brata z żoną i z trojgiem dzieci. Chciałem pojechać ochotniczo z rodzicami, ale mi nie pozwolili.

Mieli do tego powody.

– Pracowałem wtedy przy rozłożeniu starej stodoły z polecenia Komitetu Żydowskiego w Ugaju, więc nie byłem w spisie, kiedy wywozili Żydów z Koła.

Niektórzy się bali. Wtedy Siuda, żandarm wojskowy z polskich folksdojczów[7], powiedział im: „Nie bójcie się, zawiozą was na stację Barłogi, a stamtąd pojedziecie dalej na roboty". Więc się nie bali. Niektórzy nawet sami chcieli jechać.

Holocaust

Żydów z Koła wywozili przez pięć dni. Na końcu wywieźli Żydów chorych, ale szoferom kazali jechać z nimi wolno i ostrożnie.

Na początku stycznia 1942 roku zabrali mnie w Ugaju razem z czterdziestoma innymi Żydami na posterunek żandarmerii. Na drugi dzień zajechał samochód ciężarowy z Izbicy. Załadowali nas razem z nimi i zawieźli do Chełmna. Wszyscy w tym samochodzie to byli ludzie silni, zdolni do najcięższej pracy.

Wspaniałym gestem ręki ukazał miejsce, gdzie przez liście widać było gruzy.

– Tam pałac jeszcze stał. Byłem ciekawy, jak to wygląda. Ale nam patrzyć nie dali. Kiedy samochód wjechał w drugi dziedziniec, odsunąłem płachtę i zobaczyłem, że na ziemi leżą używane ludzkie łachmany. To już wiedziałem, co się dzieje.

Holocaust

Z samochodu przepędzili nas do piwnicy. Poganiali kolbami. Na ścianie było napisane po żydowsku: „Kto tu przychodzi, każdy ma śmierć".

Na drugi dzień zawołali mnie na górę, żeby wynosić z drugimi ubranie. W dużym pokoju były rzucone na podłodze różne łachy mężczyzn i kobiet, palta i buty. To trzeba było przenosić do drugiego pokoju. A tam już leżało tego... Buty układaliśmy w osobną stertę. W tym pierwszym pokoju, gdzie rozbierali się Żydzi, stały dwa piece dobrze napalone. Było ciepło, żeby się chcieli łatwo rozbierać.

W piwnicy okna mieliśmy zabite deskami. Ale jak jeden drugiego podsadził, można było przez szparę coś widzieć.

Niemcy wyganiali ludzi przez ganek tylko w bieliźnie. To oni nie chcieli wychodzić na mróz bez ubrania. Zobaczyli już, co jest, zaczęli się cofać. Wtedy Niemcy ich bili i wpędzali do auta.

Ci, co przychodzili do piwnicy z pracy na noc, powiedzieli, że w lesie zakopują ludzi uduszonych. Wtedy się podałem do pracy w lesie. Myślałem, że z lasu można uciec.

Zabrali nas trzydziestu do samochodu, zawieźli do lasu Żuchowskiego, dali łopaty i kilofy. O ósmej rano przyjechał pierwszy samochód z Chełmna. Kto pracował w rowie, nie wolno było obrócić się do samochodów, nie dali patrzyć. Ale widziałem. Niemcy – jak otworzyli drzwi – odskoczyli od auta. Ze środka szedł ciemny dym. W miejscu, gdzieśmy stali, nie czuć było żadnego zapachu.

---

[7] Folksdojcz – (z niem.) w czasie II wojny światowej osoba wpisana na listę osób mających niemieckie pochodzenie i mająca dzięki temu inne prawa.

Potem weszło do auta trzech Żydów i oni wyrzucali trupy na ziemię. W aucie leżały jedne na drugich prawie do połowy wysokości. Niektóre trzymały się w objęciu. Takim, co jeszcze żyły, Niemcy strzelali w tył głowy. Po wyrzuceniu trupów auto odjeżdżało do Chełmna.

Obraz śmierci masowej

Potem dwóch Żydów podawało trupy dwom Ukraińcom. Oni byli w ubraniu cywilnym. Wyrywali obcęgami złote zęby trupom, z szyi im ściągali woreczki z pieniędzmi, z rąk zegarki, obrączki z palców.

Obszukiwali trupy bardzo, aż do obrzydliwości.

Do tego czasu robili to we trzech. Ale akurat tego dnia jednego Ukraińca przy ładowaniu wepchnęli razem z Żydami do gazowego auta. Krzyczał, ale inni także krzyczeli, tak że się Niemcy nie połapali. I tak udusił się z tymi Żydami, co ich miał rewidować.

Jak auto przyszło do lasu, to tego Ukraińca rozpoznali i bardzo go chcieli odratować. Robili mu sztuczne oddychanie, ale już nie pomogło.

Niemcy sami nie rewidowali trupów, ale zawsze dobrze patrzyli Ukraińcom na ręce przy tej robocie. A co tamci znaleźli, Niemcy wkładali do osobnej walizki.

Obraz oprawców

Bielizny z trupów już nie kazali zdjąć.

Po obszukaniu trupów kładliśmy je do rowu, na przemian, jednego głową przy nogach drugiego, bardzo ciasno, żeby się dużo zmieściło. Wszystkie obrócone twarzą do dołu. Im wyżej, tym rów był szerszy, pod wierzch mieściło się tak około siebie ze trzydzieści trupów. W trzech, czterech metrach rowu mieściło się tysiąc.

Obraz śmierci masowej

Do lasu przyjeżdżał dziennie transport uduszonych trzynaście razy, w jednym samochodzie szło na raz do dziewięćdziesięciu. Żydzi oczyszczali podłogę samochodu, jak co złotego znaleźli, też oddawali do walizki. Mydła i ręczniki odchodziły z powrotem do Chełmna.

Od początku namawiałem się z drugimi, żeby uciec. Ale ludzie byli za bardzo przygnębieni. Praca nasza trwała cały dzień, póki się nie ściemniło. Przy pracy bili nas, żeby to szło prędzej. Jak który za powoli pracował, to kazali się położyć twarzą na trupach i z rewolweru strzelali mu w tył głowy.

Żandarmi, którzy nas pilnowali w czasie służby, byli trzeźwi. Byli zawsze ci sami. Z nami nie rozmawiali. Czasem nam który rzucił do rowu paczkę papierosów.

Raz przyjechało do lasu Żuchowskiego trzech obcych Niemców. Rozmawiali z oficerami SS, oglądali razem zwłoki, śmiali się i odjechali.

Dziesięć dni przepracowałem. Las nie był wtedy jeszcze ogrodzony, pieców do palenia trupów też jeszcze nie było. Przy mnie duszono Żydów z Ugaju, Żydów z Izbicy, w piątek przywieźli Cyganów z Łodzi, w sobotę Żydów z łódzkiego getta. Jak Żydzi z Łodzi przyjechali, to między nami zrobili Niemcy selekcję, dwudziestu słabszych oddali do gazu, a wzięli na to miejsce nowych, mocnych Żydów z Łodzi.

Pierwszego dnia ci łódzcy Żydzi byli zamknięci w drugiej piwnicy i pytali się przez ścianę, czy dobry obóz, czy dają dużo chleba. Jak się dowiedzieli, co tu jest, to się przelękli i mówili: „A myśmy się sami zapisali do pracy...”.

Zamilkł na chwilę, coś w sobie ważył. Jego wielkie, kościste ciało ugięło się od wewnętrznego zmęczenia. Po namyśle powiedział tak:

– Jednego dnia – to był wtorek – z trzeciego samochodu, który przyjechał tego dnia z Chełmna, wyrzucili na ziemię zwłoki mojej żony i moich dzieci, chłopiec miał siedem lat, dziewczynka cztery. Wtedy położyłem się na zwłokach mojej żony i powiedziałem, żeby mnie zastrzelili.

Historia indywidualna bohatera

Nie chcieli mnie zastrzelić. Niemiec powiedział: „Człowiek jest mocny, może jeszcze dobrze popracować". I bił mnie drągiem, dopóki nie wstałem.

***Człowiek jest mocny* – tytuł**

Tego wieczora powiesiło się w piwnicy dwóch Żydów. Chciałem się też powiesić, ale odmówił mię człowiek pobożny.

Wtedy ugodziłem się z jednym, żeby razem uciec w drodze. Ale właśnie na ten raz on pojechał drugim samochodem. Więc już powiedziałem sobie, że ucieknę sam.

Gdy wyjechaliśmy w las, poprosiłem konwojenta o papieros. Dał. Cofnąłem się, a inni go obiegli też o papierosy. Rozciąłem nożem płachtę przy szoferze i wyskoczyłem z samochodu. Strzelali za mną, ale nie trafili. W lesie strzelał do mnie Ukrainiec na rowerze, też nie trafił. Uciekłem.

We wsi schowałem się do stodoły i zakopałem głęboko w sianie. Rano usłyszałem, jak pod ścianą mówili chłopi, że Niemcy są we wsi i szukają Żyda, który uciekł. Po dwóch dniach, nic nie jedząc, wykradłem się ze stodoły. W drodze zaszedłem do chłopa – nazwiska jego nie znam. Nakarmił on mnie, dał mi maciejówkę[8], ogolił, żebym wyglądał po ludzku. Od niego poszedłem do Grabowa i tam spotkałem tego Żyda, z którym się umawiałem. On uciekł tego samego dnia z drugiego samochodu.

Historia indywidualna bohatera

****

Przed odjazdem byliśmy w lesie Żuchowskim, gdzie przy kopaniu ogromnych grobów zbiorowych pracował kiedyś Michał P. i gdzie rozpoznał zwłoki uduszonej swojej żony i dzieci.

Na rozległej polanie, w ramie niskich, ciemnych, gęsto rosnących sosen leżały smugi słabiej zarosłej niskiej trawki. Nie było na nich zielonych gałązek wrzosu, łochiń ani paproci. W jednym miejscu dół był rozkopany i w sypkim, brudnym piasku widać było kawałek ludzkiej stopy. W głębi, gdzie las był wyższy, pokazywano miejsce po spalonych krematoriach.

Obraz ofiar

Dwie kobiety z tych okolic chodziły za nami po lesie. Zapoznawszy się z nami, pytały, czy Komisja nie mogłaby przyspieszyć ekshumacji. Były to matka i żona człowieka, który w samych początkach istnienia obozu był tu rozstrzelany. Znały miejsce, gdzie był ten grób.

Ktoś pokazywał znaleziony strzęp pudełka od zapałek z greckim nadrukiem, inny wymyte przez deszcze papierki z cudzoziemskimi firmami aptek. Ktoś na miejscu dawnego krematorium znalazł dwie malutkie kosteczki ludzkie.

---

[8] *Maciejówka* – rodzaj czapki z daszkiem.

DOROŚLI I DZIECI W OŚWIĘCIMIU

Jeżeli objąć myślą ogrom przyśpieszonej śmierci, jakiej miejscem – niezależnie od działań wojennych – stały się tereny Polski, to obok zgrozy najsilniejszym uczuciem, jakiego doświadczamy, jest zdziwienie.

Uduszono i spalono te nieprzebrane masy ludzkie w trybie najstaranniej przemyślanej, zracjonalizowanej, sprawnej i udoskonalonej organizacji. Nie wyrzekano się przy tym sposobów bardziej dowolnych, amatorskich, odpowiadających upodobaniom indywidualnym.

Przemysł śmierci

Nie dziesiątki tysięcy i nie setki tysięcy, ale miliony istnień człowieczych uległy przeróbce na surowiec i towar w polskich obozach śmierci*. Oprócz szeroko znanych miejscowości, jak Majdanek, Oświęcim, Brzezinki, Treblinka, raz po raz odkrywamy nowe, mniej głośne.

Miejsca kaźni

Ukryte pośród lasów i zielonych wzgórz, nieraz z dala od torów kolejowych, pozwalały na rozwinięcie systemów jeszcze bardziej uproszczonych i oszczędnych.

Tak znaleziono całe złoża umarłych, zagrzebane w Tuszynku i Wiączynie pod Łodzią.

Tak wystarczył jeden stary pałac w Chełmnie, położony na wzgórzu, z przepięknym widokiem na rozkołysany trawami i zbożami krajobraz, jeden na pół zrujnowany spichrz, jedna w pobliżu rozległa, ściśle oparkaniona parcela młodego sosnowego lasu, by osiągnąć cyfrę ofiar sięgającą miliona.

Obraz śmierci masowej

Wystarczył mały czerwony budynek z cegły obok Instytutu Anatomicznego we Wrzeszczu pod Gdańskiem, by z ludzi zamordowanych wytapiać tłuszcz na mydło, a skórę ich garbować na pergamin.

Żydom aresztowanym we Włoszech, w Holandii, w Norwegii i w Czechosłowacji Niemcy obiecywali doskonałe warunki pracy w obozach Polski, uczonym zapewniano stanowiska w instytutach badań naukowych. Pewnej grupie Żydów darowano na własność bogate polskie miasto przemysłowe Łódź. Przy tym zalecano im, by zabierali ze sobą tylko rzeczy najcenniejsze.

Holocaust

Gdy transport więźniów przybywał na miejsce przeznaczenia, ludzie wysiadali z wagonów na jedną stronę toru, walizki zaś zrzucano w wielkie stosy po stronie przeciwnej.

Ponadto w blokach mieszkalnych kazano im się wszystkim rozbierać przed wejściem do łazienki i ubrania starannie złożyć. Gdy stamtąd wyszli, nikt z nich ubrania swego nie odnalazł. Jednych wpędzono prawie nagich do komory gazowej lub do hermetycznych samochodów, w których podczas jazdy do krematorium dusili się gazem spalinowym. Inni otrzymywali w zamian łachmany, w których prowadzeni byli do pracy.

Przemysł śmierci

---

* **Sformułowanie „polskie obozy śmierci" jest sformułowaniem nieprawidłowym – istniały jedynie niemieckie (nazistowskie) obozy śmierci.** Sformułowanie to zostało użyte przez samą autorkę, Zofię Nałkowską, stąd Wydawca nie może go zmienić, jednak zaznaczamy, iż jest merytorycznie niepoprawne, a jego użycie jest obecnie zakazane. (dop. red.)

Jak w innych obozach, i w Oświęcimiu gromadziły się całe składy ubrań wełnianych, obuwia, kosztowności, przedmiotów osobistego użytku. Naładowane towarem pociągi odchodziły do Rzeszy. Brylanty zdemontowanych pierścieni wywożono w zakorkowanych butelkach. Wagonami szły całe skrzynie okularów, zegarki, puderniczki, szczoteczki do zębów – wszystko miało swoją wartość.

Lager – przedsiębiorstwo

Utylizowanie spalonych kości na nawóz, tłuszczu na mydło, skóry na wyroby skórzane, włosów na materace – to był już tylko produkt uboczny tego olbrzymiego przedsiębiorstwa państwowego, przynoszący w ciągu lat nieobliczalne dochody.

Ta stała dywidenda płynęła z ludzkiej męczarni i z ludzkiego przerażenia, a także z ludzkiego upodlenia i zbrodni, i stanowiła istotną ekonomiczną rację całej imprezy obozów. Ideologiczny postulat wytracenia ras i narodów służył temu celowi, stanowił jego usprawiedliwienie.

Ideologia totalitarna – faszyzm

Od więźniów, powracających teraz do Polski z obozów niemieckich, z Dachau i Oranienburga, dowiadujemy się nowych szczegółów, które uzupełniają naszą wiedzę o faktycznym stanie rzeczy. Okazuje się, że w Rzeszy całe zastępy specjalistów zajmowały się rozpruwaniem ubrań i obuwia zwożonego z obozów polskich* do centrali. W szwach odzienia, w podeszwach i pod obcasami trzewików znajdowali oni mnóstwo zaszytych złotych monet. Nie darmo po śmierci Himmlera odkryto schowane w jego siedzibie pod Berchtesgaden setki tysięcy funtów szterlingów w dewizach dwudziestu sześciu państw.

Obraz oprawców

Przy zapoznaniu się z niezwykłym zjawiskiem Oświęcimia – zarówno na zasadzie materiału, który przyniosły zeznania świadków, jak przy naocznych oględzinach miejsca dramatu – uderza fakt bardzo celowego przystosowania systemu i urządzeń tego obozu do zadania mającego charakter dwojaki: polityczny i ekonomiczny, można by rzec – idealny i praktyczny.

Zadaniem politycznym było uwolnienie pewnych terenów od ich mieszkańców, by terenami tymi wraz z ich naturalnym i kulturalnym bogactwem niepodzielnie zawładnąć. Zadaniem ekonomicznym było, aby samo przeprowadzenie tego zamierzenia nie tylko nie przyniosło uszczerbku, nie powodowało żadnych kosztów, ale na odwrót: aby stało się zarazem źródłem, z którego można ciągnąć zyski – po pierwsze w postaci wykonanej przez więźniów pracy dla fabryk przemysłu wojennego, po drugie w naturze, to jest majątku zagarniętym po zmarłych.

Ludzie ludziom zgotowali ten los – motto zbioru

Tak zamyślona i zrealizowana impreza była dziełem ludzi. Oni byli jej wykonawcami i jej przedmiotem. Ludzie ludziom zgotowali ten los.

Jacyż byli ci ludzie?

Przed Komisją Badania Zbrodni Niemieckich przesunął się szereg byłych więźniów obozu, ocalałych od śmierci wbrew wszelkiej nadziei. Byli między nimi ludzie nauki, politycy, lekarze, profesorowie, stanowiący chlubę swoich narodów.

---

* **Nie istniały polskie obozy, jedynie niemieckie (nazistowskie).** Zob. przypis str. 35. (dop.red.)

Każdy ocalał jeden spośród swoich najbliższych, każdy dowiedział się o śmierci rodziców, swej żony albo dzieci. Ocaleli, wcale na to nie licząc.

Doktor Mansfeld, profesor uniwersytetu w Budapeszcie, powiedział: „Tylko dlatego mogłem to przeżyć, że ani przez chwilę nie wierzyłem w ocalenie. Gdybym oddawał się złudzeniom, nie miałbym tego moralnego spokoju, który zachował mnie przy życiu".

Zadaniem tych ludzi w obozie było niesienie pomocy innym wówczas, gdy sami co dnia ocierali się o śmierć, gdy na równi z innymi podlegali wszelkim odmianom udręczenia. Jako lekarze byli Niemcom potrzebni w obozie, to dawało im pewne możliwości ratowania ich ofiar.

Tak doktor Grabczyński z Krakowa, objąwszy blok nr 22, miejsce mordu i postrach kierowanych tam na „wykończenie" chorych, przeobraził go w szpital prawdziwy. Nie tylko otoczył ich opieką jako lekarz, nie tylko wyjednał dla nich lekarstwa i środki opatrunkowe, ale podstępem bronił ciężko chorych od zagazowania, ratował ich życie, zapewniając, że w ciągu pięciu dni będą zdrowi.

Moralna wielkość człowieka

Ale i ci, którzy własnymi rękami wykonywali ten precyzyjny plan mordu i grabieży, byli także ludźmi. I ludźmi byli ci, którzy rozszerzali ramy rozkazów, którzy mordowali ponad przepisaną normę z amatorstwa.

Obraz oprawców

Ze świetnych pod względem plastyki zeznań posła Mayera, który dwanaście lat swego życia spędził w obozach niemieckich, mamy pojęcie, jak wyglądali oprawcy z Oświęcimia.

Największym zbrodniarzem w obozie był August Glass, krępy i muskularny, przechadzający się co dnia po blokach kolebiącym się krokiem atlety. Ten upatrzone ofiary bił w nerki w ten sposób, żeby nie zostawić śladów, a śmierć następowała po trzech dniach.

Obraz oprawców

Inny stawiał stopę na gardle człowieka i miażdżył mu krtań swym ciężarem.

Inny zanurzał głowę więźnia w kadzi, tak długo ją trzymając, póki nieszczęsny się nie udusił.

Jeden z najbardziej krwiożerczych blokowych, zawodowy złoczyńca, był bardzo wymagający przy apelu i za niedokładne wyczyszczenie ubrania lub butów uderzał gumą, zakończoną ołowiem, po głowie tak celnie, że na miejscu zabijał. Zależało mu na tym, by mieć na dzień piętnastu zabitych.

Jeszcze inny, wysoki na dwa metry, o długim nosie, długiej twarzy i wąskich oczach, z poruszającą się na szyi grdyką, z bardzo długimi rękami – codziennie tymi rękami dusił przed śniadaniem kilku więźniów, wybierając ich sobie na oko w różnych blokach podczas porannej przechadzki.

Niewątpliwie byli to ludzie, którzy mogli to robić, ale robić tego nie musieli. Zawczasu jednak uczyniono wszystko, by wydobyć z nich i uruchomić te siły, które drzemią w podświadomości człowieka i które – niezbudzone – mogłyby nigdy nie dojść do głosu.

Obraz oprawców – człowiek totalitarny

Nadzwyczaj staranna selekcja i dobrze obmyślane systemy wychowawcze dostarczyły tego jedynego w dziejach zespołu ludzkiego, który odegrał do końca wyznaczoną sobie rolę.

Z zeznań posła Mayera wiemy, że w stadium początkowym partia Hitlera powiększała swój stan czynny, werbując sobie wyznawców spośród szumowin społecznych. Byli tam przestępcy, mordercy i złodzieje, byli sutenerzy. Wychowanie nazistowskie otaczało ich wrodzone instynkty szczególną pieczą. Świadczy o tym wydana w Niemczech ustawa specjalna, wzbraniająca komukolwiek zarzucania członkom partii ich osobistej przeszłości. Wielu ludzi za przekroczenie tego nakazu siedziało w więzieniach.

Obraz oprawców

Według zeznań profesora psychiatrii w Pradze, doktora Fischera, na specjalnych kursach, często dwuletnich, gdzie szkolono młodzież hitlerowską, odbywały się praktyczne ćwiczenia sadystycznego okrucieństwa.

Tenże profesor Fischer, wieloletni rzeczoznawca sądowy, twierdzi, że sadyzm w najmniejszym stopniu nie zmniejsza odpowiedzialności przestępców. Są to wszystko ludzie świadomi swych czynów i ponoszący za nie całkowitą odpowiedzialność.

Obraz ofiar – dzieci w lagrze

Dzieci w Oświęcimiu wiedziały, że mają umrzeć. Do uduszenia w gazie wybierano mniejsze, nienadające się jeszcze do pracy. Selekcji dokonywano w ten sposób, że dzieci przechodziły kolejno pod prętem zawieszonym na wysokości jednego metra i dwudziestu centymetrów. Świadome powagi chwili, te mniejsze, zbliżając się do pręta, prostowały się, stąpały wyprężone na palcach, by zaczepić głową o pręt i uzyskać życie.

Około 600 dzieci, przeznaczonych na uduszenie, trzymano w zamknięciu, nie mając jeszcze kompletu potrzebnego do wypełnienia kamery. Też wiedziały, o co chodzi. Rozbiegały się po obozie i chowały, jednak SS-mani zapędzali je z powrotem do bloku. Słychać było z daleka, jak płakały i wołały o ratunek.

– My nie chcemy do gazu! My chcemy żyć!

Do jednego z doktorów zastukano nocą w okno jego lekarskiego pokoiku. Gdy otworzył, weszło dwóch chłopców zupełnie nagich, skostniałych na mrozie. Jeden miał dwanaście, drugi czternaście lat. Udało im się zbiec z samochodu w chwili, gdy podjeżdżał do komory gazowej. Lekarz ukrył chłopców u siebie, żywił ich, zdobył dla nich ubranie. Na zaufanym człowieku przy krematorium wymógł, że ten pokwitował odbiór dwu trupów więcej, niż otrzymał. Narażając się każdej chwili na zgubę, przechował u siebie chłopców do czasu, gdy mogli znów ukazać się w obozie, nie wzbudzając podejrzenia.

Moralna wielkość człowieka

Doktor Epstein, profesor z Pragi, przechodząc ulicą między blokami oświęcimskiego obozu w pogodny poranek letni, zobaczył dwoje małych dzieci jeszcze żywych. Siedziały w piasku drogi i przesuwały po nim jakieś patyczki. Zatrzymał się przy nich i zapytał:

Obraz ofiar – spustoszenie psychiki

– Co tu robicie, dzieci?

I otrzymał odpowiedź:

– My się bawimy w palenie Żydów.

Wiosna – Lato 1945 r.

KRÓTKIE OPRACOWANIE

Pewniak na teście ← to będzie na teście

KRÓTKO O UTWORZE

Medaliony to zbiór ośmiu opowiadań (mała forma prozatorska), w skład cyklu wchodzą utwory: *Profesor Spanner, Dno, Kobieta Cmentarna, Przy torze kolejowym, Dwojra Zielona, Wiza, Człowiek jest mocny, Dorośli i dzieci w Oświęcimiu.* Autorka zaraz po wojnie pracowała w Głównej Komisji Badania Zbrodni Niemieckich, gdzie miała okazję usłyszeć autentyczne historie o krzywdach i cierpieniu, wynikających z faszystowskich zbrodni. Na tej podstawie stworzyła **dokumentalne sprawozdanie**. Oskarża w nim tych, którzy byli częścią zbrodniczego faszystowskiego systemu.

Na terenach Polski znajdowały się cztery niemieckie lagry: Auschwitz-Birkenau, Majdanek, Stutthof, Gross-Rosen oraz mniejsze obozy zagłady: m.in. w Treblince, Sobiborze, Bełżcu i Chełmnie. Nałkowska pisze też o miejscach nieznanych z nazwy. **Opisując konkretne przypadki cierpienia, Nałkowska tworzy metaforę ogólnoludzkiej krzywdy.** Stawia pytanie o to, jak możliwe było dopuszczenie do powstania przemysłu śmierci w samym sercu Europy. Autorka skupia się na **moralnych, psychicznych i biologicznych skutkach popularności faszyzmu**, nie na kwestiach politycznych.

Tytuł cyklu można traktować dosłownie i metaforycznie. W pierwszym znaczeniu odnosi się do portretów nagrobnych (nazywanych medalionami), które pozornie zatrzymują czas, uwieczniając wizerunek zmarłych. Przenośnie **każde z opowiadań cyklu jest właśnie takim medalionem**, prawdziwym portretem niegdyś żyjącej osoby i jednocześnie ogólnym obrazem losu innych ofiar wojny.

Okupacja ukazana jest z dystansu czasowego (oprócz opowiadania *Kobieta cmentarna*), narratorzy kolejnych opowieści relacjonują zamkniętą przeszłość. Miejsca opisane w *Medalionach* to m.in. warszawskie więzienie na Pawiaku, niemiecki obóz Ravensbrück, getto żydowskie w Warszawie i getto w Międzyrzecu. Bohaterowie są przez Nałkowską kreowani na dwa sposoby. **Pierwszy z nich polega na zindywidualizowaniu postaci, drugi na ukazaniu ludzkiej zbiorowości.** Najważniejszym aspektem charakterystyki każdego bohatera jest jego wyniszczona psychika.

KRÓTKIE STRESZCZENIE

Profesor Spanner

Członkowie Głównej Komisji Badania Zbrodni Niemieckich prowadzili śledztwo w sprawie profesora gdańskiego Instytutu Anatomicznego, który dopuszczał się okrutnej zbrodni – przerabiał ludzki tłuszcz na mydło. Oglądali korytarze i pomieszczenia wypełnione ciałami. Druga część utworu to relacja z przesłuchania młodego pracownika profesora Spannera. Rzeczowo opisywał proceder i nie rozumiał, dlaczego jest on przestępstwem. Trzecia część to opis przesłuchania lekarzy.

Dno

Narratorką jest kobieta, która przez wojnę straciła dzieci i męża. Wspomina więzienie na Pawiaku i obóz Ravensbrück. Opowiada o cierpieniach ludzi i zbrodniach medycznych przeprowadzanych na kobietach oraz podróży zatłoczonymi wagonami i pobycie w lagrze Bunzig.

Kobieta cmentarna

Narrator opisał cmentarz. Spacerując między grobami, porównywał śmierć „przedwojenną" – osobistą i jej okupacyjną, zbiorową formę. Tytułowa opiekunka cmentarza zwierzyła się narratorowi, że trudno jej z czystym sumieniem mieszkać obok murów getta, gdzie ludzie cierpieli i umierali.

Przy torze kolejowym

Akcja przywołanej przez narratora historii toczy się w pobliżu cegielni, przy torze kolejowym, którym Niemcy wywozili więźniów do obozu. Pewna Żydówka z rodziną zdecydowała się na ucieczkę. Nie udało się jej to – esesmani zastrzelili jej męża, a ją postrzelili w kolano. Wokół kobiety na torach zgromadzili się ludzie, pomagali, ale nikt nie chciał jej zabrać. Ostatecznie została zastrzelona przez jednego z mężczyzn – mieszkańca pobliskiej wsi.

Dwojra Zielona

Narratorka spotkała kobietę kupującą okulary, rozmawiała z nią o jej przeszłości i pracy w żydowskim ambulatorium. Tytułowa bohaterka snuła opowieść – w czasie wojny straciła rodzinę, przebywała w wielu obozach. Nie wiedziała, co dało jej siłę, ale ostatecznie przetrwała najtrudniejsze momenty. Nic jednak nie wróciło jej rodziny.

Wiza

Narratorka rozmawiała z byłą więźniarką, w trakcie pobytu w obozie uciekała ona w modlitwę (była Żydówką i na początku wojny przyjęła chrześcijaństwo). Tytułowa wiza to polana, na którą wypędzano więźniarki podczas czyszczenia bloku. Kobiety stały tam w zimnie. Następnie robiono selekcję, po której wiza pustoszała.

Człowiek jest mocny

Narrator słucha opowieści Michała P. o wydarzeniach lasu Żuchowskiego, gdzie Niemcy zagazowali w samochodach więźniów z Chełmna i okolic. Bohater został wybrany do pomocy przy kopaniu dołów. Wśród tysięcy ofiar rozpoznał żonę i swoje małe dzieci. Położył się przy nich, chciał zostać zastrzelony, ale esesmani mu na to nie pozwolili (*Człowiek jest mocny, może jeszcze dobrze popracować*). Ostatecznie uciekł z niewoli.

Dorośli i dzieci w Oświęcimiu

Utwór podsumowuje pozostałe opowiadania, narrator mówi o miejscach kaźni i przerażeniu towarzyszącym poznawaniu skali zbrodni. Oprawcy byli cyniczni i bezlitośni, według opinii naukowców wszystko robili świadomie i ponoszą za to pełną odpowiedzialność. W ostatnim fragmencie opisany jest los dzieci, na których psychice zagłada pozostawiła straszne piętno.

MOTYWY

śmierć	• **różne obrazy śmierci**: w obozie, w getcie, przez zagazowanie, w trakcie ucieczki, na gilotynie • **przemysł śmierci** – czerpanie zysków z przetwarzania ciał • **śmierć osobista i zbiorowa,** czyli przedwojenna i okupacyjna
samobójstwo	• **wybór między życiem a śmiercią** – decyzja o szybkim i świadomym odebraniu sobie życia zamiast konania w cierpieniu • **wybór sposobu umierania** – samobójstwo jako alternatywa dla zagazowania lub śmierci głodowej • **ucieczka jako samobójstwo** – chociaż wynikała z chęci uwolnienia się, zwykle była skazana na niepowodzenie
cierpienie	• cierpienie jako **suma wszystkich negatywnych uczuć** • cierpienie jako **osamotnienie i bezradność** • cierpienie jako **niezbywalne piętno grozy wojny**
wojna	• **bestialska**, **brutalna**, nie obronna, ale wynikająca z agresji napastnika • wojna **wyzwalająca całe okrucieństwo człowieka**, deprawująca • **groby i spustoszone cmentarze** jako symbol wojny
człowiek	• człowiek jako **ofiara ideologii faszystowskiej**, skazany na zagładę • człowiek jako **materiał i surowiec** – do badań medycznych lub przetworzenia na towar
oprawca i ofiara	• **ludność żydowska**, ofiara masowych mordów • oprawca – **naród niemiecki**, zabijający szybko i bez przebierania w środkach, czerpiący zyski z zagłady
kat i prześladowany	• katem jest **każdy, kto przyczynił się do działań faszystów** • prześladowany jest **bezbronny**, z góry skazany na śmierć, nie może walczyć z potężną siłą

strata	• **strata rodziny** – śmierć najbliższych to najgorszy cios, odbierający chęć walki o własne życie • **utrata godności** – zbrodnie faszystowskie polegały na odbieraniu człowieczeństwa i jakiejkolwiek wartości, jaką ludzie mogą reprezentować • **utrata chęci życia**, spowodowana upodleniem i bestialskim taktowaniem, które sprawia, że nie ma już chęci do walki o przetrwanie • **zagubienie systemu wartości** – faszyzm odwrócił system wartości, stworzył świat, w którym morderstwo może być podyktowane uczuciem litości • **brak możliwości dalszego życia** – przeżycia z czasów zagłady uniemożliwiają dalsze funkcjonowanie, zostawiają trwałe blizny na psychice

PEŁNE OPRACOWANIE

BIOGRAFIA ZOFII NAŁKOWSKIEJ

Zofia Nałkowska urodziła się **10 XI 1884 r. w Warszawie** jako córka znanego naukowca i literata Wacława Nałkowskiego. W 1901 r. ukończyła prywatną pensję w Warszawie, a swą wiedzę poszerzała biorąc udział w zajęciach tajnego Uniwersytetu Latającego.

Za jej debiut uważa się wiersz *Pamiętam*, który został opublikowany na łamach „Przeglądu Tygodniowego" w 1898 r. Pięć lat później zamieściła pierwsze opowiadanie w „Ogniwie", a w 1904 r. swą pierwszą powieść *Lodowe pola* na łamach „Prawdy". Później stała się ona częścią trylogii *Kobiety* (1906).

W 1904 r. Zofia Nałkowska wyszła za mąż za literata i nauczyciela – Leona Rygiera. Przez pierwsze lata małżeństwa mieszkała w Kielcach, następnie w latach 1909–1910 w Krakowie, a w latach 1911–1922 w rodzinnym majątku Górki pod Wołominem (w 1918 r. nastąpił rozwód). W tym czasie powstały utwory literackie (wiersze liryczne, opowiadania, nowele i powieści) wyrastające jeszcze ze stylistyki młodopolskiej – impresjonistyczno-symbolicznej. Powstają wtedy: *Książę* (1907), *Rówieśnice* (1909), *Narcyza* (1910), *Węże i róże* (1915) oraz zbiory nowelistyczne – *Koteczka, czyli Białe tulipany* (1909) i *Lustra* (1913). Już wtedy Nałkowska zwróciła uwagę krytyki literackiej zainteresowaniem psychologią człowieka i mechanizmami, jakie tworzą jego osobowość i wpływają na życiowe wybory.

W 1916 r. Zofia Nałkowska poznała legionistę Jana Jura-Gorzechowskiego, którego poślubiła w 1922 r. W tym samym roku wydała szkice psychologiczno-moralizujące *Charaktery*, świadomie nawiązujące do dzieł antycznego twórcy Teofrasta i siedemnastowiecznego eseisty Jeana de La Bruyère'a.

Po odzyskaniu przez Polskę niepodległości w 1918 r. pisarka zaangażowała się w życie literackie: organizowała Związek Literatów Polskich, a następnie pracowała w Biurze Propagandy Zagranicznej przy Prezydium Rządu. W 1920 r. wydała powieść *Hrabia Emil*, wyrastającą z obserwacji wojennych.

W latach 1922–1926 mieszkała pod Wilnem i w Grodnie. Swą działalność społeczną skupiła na Towarzystwie Opieki nad Więźniami. W tym czasie głównym tematem dzieł literackich stał się wpływ historii na osobowość jednostki i jej zmienność oraz problematyka polityczna. Pisarka dała wyraz swym poglądom w powieściach: *Romans Teresy Hennert* (1924), *Niedobra miłość* (1928) oraz w dramacie *Dom kobiet* (1930). Wraz z mężem wyjeżdżała za granicę (Szwajcaria, Francja), a choć wiązało się to z przerwami w pracy twórczej, to pisarka bardzo ceniła sobie zyskane tam doświadczenia i obserwacje. Z nich wyrosła powieść *Choucas* (1927).

Powrót do stolicy z Litwy nastąpił w 1926 r., a trzy lata później Nałkowska rozstała się z mężem. Czynnie działała w ZLP, potem w Pen Clubie, gdzie pełniła funkcję prezesa od 1928 r., uczestniczyła w protestach w obronie więźniów politycznych. W twórczości późnych lat dwudziestych widać zmiany stylistyczne: z fascynacji codziennymi doświadczeniami i zwykłymi ludźmi wyrosły powieści wykorzystujące dokumentaryzm oraz eksploatujące motywy autobiograficzne. Przykładem mogą być *Dom nad łąkami* (1925), *Ściany świata* (1931) oraz sztuka *Dzień jego powrotu* (1931).

W 1933 r. Nałkowska zgłosiła akces do Polskiej Akademii Literatury, w tym samym czasie należała już do grupy literackiej Przedmieście[1]. Najwybitniejszą powieścią Nałkowskiej, sumującą całość jej refleksji nad naturą człowieka, jest wydana w 1935 r. *Granica*. Ostatnim dziełem wydanym przed wojną stała się powieść *Niecierpliwi* (1939). Powieść polityczna *Węzły życia*, choć jej pisanie Nałkowska rozpoczęła w 1939 r., dokończona została dopiero w latach pięćdziesiątych.

Okupację niemiecką Nałkowska spędziła w Warszawie. Wraz z matką i siostrą prowadziła sklepik tytoniowy, a jednocześnie zaangażowała się w życie konspiracyjne stolicy. Pod koniec wojny powróciła też do pracy literackiej. W czasie powstania warszawskiego przebywała pod Grodziskiem, w majątku swych przyjaciół. Po utworzeniu Krajowej Rady Narodowej przyjęła mandat posłanki. Świadectwem doświadczeń okupacyjnych są *Dzienniki czasów wojny* (1970).

Po zakończeniu wojny Nałkowska zaangażowała się w działania Głównej Komisji Badania Zbrodni Niemieckich[2] (siedzibą był najpierw Kraków, a następnie Łódź, gdzie Nałkowska się przeprowadziła). W związku z badaniami prowadzonymi przez tę instytucję jeździła po całym kraju, biorąc udział w wizjach lokalnych. Pierwszą powojenną książką Nałkowskiej są *Medaliony* (1946), które światowa krytyka zaliczyła do najwybitniejszej literatury antyfaszystowskiej.

W 1945 r. uczestniczyła w pracach redakcji „Kuźnicy", a przewodnicząc Towarzystwu Przyjaźni Polsko-Francuskiej, często udawała się za granicę z delegacjami polskich pisarzy.

W 1947 r. została wybrana do Sejmu Ustawodawczego, a w 1952 r. do Sejmu PRL, gdzie pracowała w komisji kultury i sztuki. Przeprowadzka z Łodzi do stolicy nastąpiła w 1950 r. Trzy lata później pisarka opublikowała wspomnieniowy tom *Mój ojciec*, poświęcony postaci Wacława Nałkowskiego. Pośmiertnie zaś rozpoczęto edycję *Dzienników* pisarki, obejmującej lata 1899–1954.

Zofia Nałkowska zmarła **17 XII 1954 r. w Warszawie,** a pochowana została na Powązkach.

---

[1] Grupa literacka Przedmieście to grupa prozaików, zainteresowanych w szczególności problemami proletariatu i inspirujących się naturalizmem. Należeli do niej m.in.: Zofia Nałkowska, Gustaw Morcinek, Władysław Kowalski, Halina Krahelska.

[2] W 1950 r. nazwa została zmieniona na: Główna Komisja Badań Zbrodni Hitlerowskich w Polsce.

GENEZA UTWORU

Pewniak na teście

Zofia Nałkowska prawdy o rzeczywistości okupacyjnej nie musiała czerpać z drugiej ręki. Sześć lat przeżyła w wojennej Warszawie, czego literackim obrazem stały się *Dzienniki czasów wojny* (1970).

Tuż po zakończeniu koszmaru okupacji **brała udział w pracach Głównej Komisji Badania Zbrodni Niemieckich.** Polegały one na uczestniczeniu w przewodach sądowych oprawców, wizjach lokalnych, przesłuchaniach świadków. W ten sposób pisarka zbierała materiały do *Medalionów*. Sama wspominała o tym w jednym z wywiadów: *„Moje częste wyjazdy, właściwie wówczas jeszcze loty do Krakowa i Gdańska wywołane były udziałem w pracach Głównej Komisji Badania Zbrodni Niemieckich.* ***Ze wstrząsających przeżyć ówczesnych pozostała mi skromna książeczka zatytułowana*** **Medaliony,** *dająca wyraz zdumieniu, że to ludzie ludziom zgotowali ten los*"[3]. W przytoczonych słowach autorki pojawiła się fraza będąca mottem zbioru opowiadań.

Zofia Nałkowska zawarła w nich **oskarżenie tych, którzy byli pomysłodawcami zbrodniczego systemu faszystowskiego oraz ich współpracownikami.**

OKOLICZNOŚCI POWSTANIA UTWORU

Pewniak na teście

Pracując w Głównej Komisji Badania Zbrodni Niemieckich w latach 1945—1946, Zofia Nałkowska **zetknęła się ze świadectwami osób, które przeżyły niemieckie prześladowania i eksterminację ludności.** Mając świadomość, że możliwe jest dotarcie tylko do nielicznych świadków, pisarka **w formie sprawozdawczego dokumentu utrwaliła ich losy.**

Na terenie Polski znajdowały się cztery wielkie niemieckie lagry: Auschwitz-Birkenau, Majdanek, Stutthof, Gross-Rosen, a także mniejsze obozy zagłady tysięcy ludzi narodowości żydowskiej – m.in. w Treblince, Sobiborze, Bełżcu i Chełmnie. W opowiadaniu *Dorośli i dzieci w Oświęcimiu* Nałkowska wspomina o miejscach nieznanych: *„Ukryte pośród lasów i zielonych wzgórz, nieraz z dala od torów kolejowych, pozwalały na rozwinięcie systemów jeszcze bardziej uproszczonych i oszczędnych. Tak znaleziono całe złoża umarłych zagrzebane w Tuszynku i Wiączynie pod Łodzią*" (str. 35). Tym samym autorka uświadamia, że tereny Polski okupacja zamieniła w wielkie cmentarzysko, a skali dramatu nie sposób ogarnąć. W takiej sytuacji **opis konkretnego przykładu cierpienia człowieka staje się** – w zamierzeniu pisarki – **metaforą losu innych ludzi.**

[3] Z. Nałkowska, *Pisma wybrane*, Warszawa 1956, t. 2, s. 769–770.

WYJAŚNIENIE TYTUŁU UTWORU

W zapiskach pisarki z 7 V 1944 r. odnaleźć można sformułowania nawiązujące wprost do tytułu późniejszego zbioru: *„Wracałam aleją grobów, szpalerem nagromadzonych trupów. Znajome nazwiska, sylwetki, medaliony, dające się z napisów, wierszyków i dat odczytać relacje, biografie, nieważne umarłe miłości”* [4].

Tytułowe „medaliony” mają charakter dosłowny i metaforyczny. Dosłownie odnoszą się one do **nagrobnych portretów, które upamiętniają zmarłych.** Uwieczniają ich wizerunek, jakby zatrzymując czas, i nie pozwalają kolejnym pokoleniom zapomnieć o tych, którzy odeszli. W opowiadaniu *Kobieta cmentarna* pojawia się dramatyczny obraz zniszczonego przez działania wojenne cmentarza, który sąsiadował przez mur z terenem warszawskiego getta: *„Później przyszedł czas, gdy na cmentarz spadały pociski. Posągi i medaliony potłuczone leżały wzdłuż alei. Groby z otwartymi wnętrzami ukazywały w pękniętych trumnach swych umarłych”* (str. 19). Zestawiając ze sobą dwa obrazy: śmierci zwyczajnej, indywidualnej, tej *„sprzed wojny”*, jak mogłaby określić ją tytułowa bohaterka, z tragedią śmierci masowej i odartej z godności, jakiej doświadczali mieszkańcy żydowskiego getta, Nałkowska przechodzi do **przenośnego znaczenia słowa „medaliony”.** Bowiem w sensie metaforycznym każde z kilkustronicowych opowiadań Nałkowskiej jest takim przywołanym z pamięci opowiadającego **medalionem – portretem realnych, konkretnych osób,** a jednocześnie obrazem na tyle ogólnym, że odnaleźć w nim można **prawdę i pamięć o innych ofiarach czasów wojny.** Niejednokrotnie nie mogły one liczyć na materialne upamiętnienie miejsca swego pochówku, więc intencją autorki zbioru czyni to literatura.

CZAS I MIEJSCE AKCJI

Obraz okupacji przedstawiony przez Nałkowską nie jest ukazany bezpośrednio, ale wykorzystuje pewien dystans czasowy. Jedynym odstępstwem od tej reguły jest *Kobieta cmentarna.*

Obok narratora-pisarki pojawiają się w opowiadaniach ludzie będący świadkami wydarzeń albo ich uczestnikami. **Narratorzy w kolejnych opowiadaniach relacjonują przeszłość,** rzeczywistość zamkniętą, chociaż nieodległą.

W opowiadaniu *Profesor Spanner* przywołano zdarzenia **z Gdańska,** z Instytutu Anatomicznego tamtejszej akademii medycznej. Relacjonowane przez młodego gdańszczanina wydarzenia obejmowały lata 1943–1945, aż do momentu wyjazdu uczonego do Halle w styczniu 1945 r., w obliczu klęski Niemiec.

***Dno* przywołuje realia warszawskiego więzienia na Pawiaku,** gdzie Niemcy sadystycznymi metodami zmuszali więźniów do składania zeznań, a także rzeczywistość

---

[4] Z. Nałkowska, *Dzienniki czasów wojny*, Warszawa 1970, s. 279.

niemieckiego obozu Ravensbrück, miejsca pseudoeksperymentów medycznych, dokąd przewieziono narratorkę. Po trzech tygodniach trafiła ona do fabryki amunicji, usytuowanej obok **lagru Bunzig.** W tym kontekście była więźniarka opowiada o procesie degradacji człowieka przez zbrodniczy system. Za pomocą głodu, upodlenia fizycznego oraz psychicznego, stosując terror, oprawcy odzierali ofiary z godności (przywołane są np. opisy szaleństwa, kanibalizmu).

Opowiadanie *Kobieta cmentarna* obejmuje czas całej okupacji, ale specjalną uwagę poświęca **pacyfikacji getta żydowskiego w Warszawie w 1943 r.** Przestrzeń cmentarza sąsiadującego z terenem żydowskiej dzielnicy pozwala tytułowej bohaterce przyglądać się, a właściwie przysłuchiwać z bliska tragedii bezimiennych ofiar. Inaczej niż w innych opowiadaniach, **czas narracji pokrywa się z czasem opisywanych wydarzeń,** a autorski narrator – zanim oddał głos opiekunce cmentarza – sam dokonuje charakterystyki sytuacji. Koncentruje się na okupacyjnym doświadczeniu wszechobecnej śmierci. Jak głęboko dramat Żydów przeżywany był przez Nałkowską, świadczą zapiski z *Dziennika czasów wojny*: *„Oto groby, które podważyły cały dotychczasowy układ relacji. Jesteśmy oto rozciągnięci – my tutaj – ściśle wzdłuż tej symetrii. Los tych ludzi daleko, los tych ludzi obok. Umarli, umarli"* [5].

Akcja opowiadania *Przy torze kolejowym* toczy się nieopodal cegielni koło niewymienionej z nazwy wsi, wiosenną porą. Właściwe miejsce autorka określa w tytule: tymi właśnie torami Niemcy przewozili w zaplombowanych wagonach towarowych więźniów do obozów koncentracyjnych. Główna bohaterka jest jedną z niewielu osób, które próbowały uciec z transportu. Anonimowy narrator relacjonuje ostatnie godziny życia rannej kobiety, koncentrując się nie tyle na niej, ile na zachowaniach otaczających ludzi.

Historia tytułowej ***Dwojry Zielonej*** to jedyna opowieść, w której **narratorka i bohaterka w jednej osobie nie zachowuje anonimowości,** ale jest przedstawiona z imienia i nazwiska. Pochodząca z żydowskiej rodziny kobieta mieszkała do 1939 r. w Warszawie, a potem wraz z mężem przeniosła się do Janowa Podlaskiego. Następnie wszystkich Żydów spędzono do getta **w Międzyrzecu.** Pojawiają się także inne miejsca: **Małaszewicze koło Brześcia Litewskiego,** gdzie zginął mąż bohaterki, **obóz na Majdanku, fabryka amunicji w Skarżysku-Kamiennej.**

***Wiza* opowiada o niewymienionym z nazwy obozie koncentracyjnym,** gdzie przywożono więźniarki z całej Europy. Narratorka – młoda kobieta opowiada o jego realiach, koncentrując się na tytułowej wizie: „(...) *to jest łąka pod samym lasem, pod drzewami. Stały tam na zimnie przez cały dzień bez jedzenia i roboty. Blok musiał być czysty, sprzątanie i czyszczenie trwało kilka dni.*" (str. 29).

Opowiadanie ***Człowiek jest mocny*** przywołuje przestrzeń **lasu Żuchowskiego w Chełmnie,** gdzie w czasie wojny Niemcy zorganizowali miejsce kaźni tysięcy Żydów i Cyganów.

W sposób jednoznaczny **miejsce, gdzie toczy się akcja opowiadania *Dorośli i dzieci w Oświęcimiu,* określa jego tytuł.**

---

[5] Z. Nałkowska, *Dzienniki czasów wojny*, Warszawa 1970, s. 279.

BOHATEROWIE UTWORU

W *Medalionach* można wyróżnić **dwa zasadnicze sposoby kreowania postaci**. Pierwszy to przedstawianie ich **w sposób zindywidualizowany**, czasami wręcz określając tożsamość, jak w *Dwojrze Zielonej*. Drugi to – przeważające w większości zbioru – **ukazywanie ludzkiej zbiorowości**.

Zindywidualizowani bohaterowie-narratorzy przedstawiają swe pochodzenie narodowościowe i społeczne, wspominają rodzinne koligacje, często zresztą uzupełniając własną historię okupacyjną o relacje losów najbliższych. Tak dzieje się w opowiadaniach *Dno, Dwojra Zielona, Człowiek jest mocny*. **Zwykle narrator odautorski charakteryzuje wygląd bohatera, wychwytuje znaczące gesty, sposób mówienia.** W ten sposób poszerza wiedzę odbiorcy o opisywanej postaci i zachowuje, przez indywidualizację psychologiczną i językową, walor autentyczności postaci.

Wyniszczeni doświadczeniami getta, obozu czy przymusowej pracy **bohaterowie zwracają uwagę wewnętrznym spokojem, powagą, a czasem niepewnością**, zdradzaną w pytaniach o to, co i jak relacjonować. Autorka świadomie przyjęła konwencję powściągliwej i lapidarnej narracji, przez co uwidacznia się oskarżycielska w swym wyrazie bezradność ofiar terroru.

Jednocześnie w indywidualnych portretach osób Nałkowska uchwyciła **prawdę o ich psychicznym i moralnym wypaleniu**. Makabryczne wydarzenia, niemieszczące się w ludzkiej wyobraźni, a wynikające z „Odwróconego Dekalogu", sprawiły, że ludzie wobec nich psychicznie otępieli. **Przestali przeżywać rozterki moralne, bo wojenna rzeczywistość zniszczyła wszelkie wartości i międzyludzkie więzi**. Najlepszym tego przykładem jest **młody gdańszczanin**, pomocnik profesora Spannera. Co prawda przeżył okupację, ocalał fizycznie, ale jego wewnętrzna wrażliwość, **sfera duchowa uległa całkowitemu zniszczeniu**. Trudno wyrokować, czy możliwe jest jej odbudowanie i przywrócenie takiego człowieka społeczeństwu.

Podobny problem, chociaż w ujęciu szerszym, poruszają opowiadania przybliżające **obraz zbiorowości**. Może to być **zbiorowość więźniów obozu**, jaka pojawia się w relacji narratorki *Wizy*, społeczność połączona cierpieniem, jak **Żydzi** ukazani w *Kobiecie cmentarnej*, albo **anonimowi mieszkańcy wsi**, przyglądający się ostatnim chwilom Żydówki w opowiadaniu *Przy torze kolejowym*. Wszystkie te wspólnoty **zmuszone zostały do zweryfikowania wcześniej istniejących relacji**. Przyjaźń, pomoc braterska, zwykła ludzka solidarność nabrały w realiach wojennych nowych znaczeń. Nałkowska pokazuje **sytuacje, w których nastąpił ich całkowity zanik** (*Dno*), ale także **momenty niesłychanego zjednoczenia** (*Wiza*). **Najgorszym przeżyciem człowieka przyglądającego się cierpieniu innych stała się bezradność.** To ona odbiera spokój wewnętrzny „kobiecie cmentarnej" przysłuchującej się odgłosom z getta, a także prowokuje do przemyśleń mieszkańców wsi, świadków bulwersującej śmierci Żydówki z opowiadania *Przy torze kolejowym*. W tym kontekście Nałkowska zdaje się formułować **pytanie o moralną odpowiedzialność biernych świadków zbrodni**, choć tego pytania otwarcie nie zadaje.

PLAN WYDARZEŃ

Pewniak na teście

Profesor Spanner	Obraz zbrodniczej działalności profesora gdańskiego Instytutu Anatomicznego, przerabiającego ludzki tłuszcz na mydło.
Dno	Relacja warszawianki, więźniarki Pawiaka i Ravensbrück, opisującej traumatyczne doświadczenia z transportu w bydlęcych wagonach i obserwacje upodlenia kobiet w obozie (przypadki kanibalizmu).
Kobieta cmentarna	Opowieść kobiety próbującej oddać dramat masowej śmierci ludności warszawskiego getta.
Przy torze kolejowym	Relacja anonimowego człowieka o ucieczce Żydów z transportu do obozu i losie postrzelonej przez Niemców kobiety.
Dwojra Zielona	Historia Żydówki okaleczonej fizycznie i psychicznie przez doświadczenia wojenne, ale wykazującej niezwykłą wolę przetrwania w najtrudniejszych warunkach.
Wiza	Relacja byłej więźniarki obozu, opisującej eksterminację kobiet z całej Europy i ich wolę życia.
Człowiek jest mocny	Opowieść Żyda zatrudnionego przez Niemców do eksterminacji własnego narodu, zmuszonego także do pochowania własnej żony i dzieci, ale wykazującego niezwykły hart ducha w najtrudniejszych warunkach.
Dorośli i dzieci w Oświęcimiu	Przejmujący obraz bestialstwa oprawców wobec bezbronnych więźniów. Przerażająca zabawa małych dzieci bawiących się w „palenie Żydów" (zjawisko „zarażenia śmiercią").

STRESZCZENIE UTWORÓW

Profesor Spanner

Utwór rozpoczynają słowa narratora, który przywołuje realia toczonego w 1945 r. śledztwa. Wypowiadając się w liczbie mnogiej, ujmuje doświadczenia członków Głównej Komisji Badania Zbrodni Niemieckich, którzy w chłodny majowy dzień już po raz drugi znaleźli się w Gdańsku. Tam udali się do jednego z pawilonów Instytutu Anatomicznego. Najpierw, schodząc do obszernej piwnicy, widzieli setki ciał zmarłych ludzi, pozbawionych głów i złożonych w kamiennych sarkofagach. Pośród nich uwagę zwracały zwłoki młodego marynarza z wytatuowanym na piersi napisem *„wiary daremnej: «Bóg z nami»"* (str. 7). Wraz ze śledczymi w oglądaniu tego miejsca uczestniczyli dwaj niemieccy lekarze, znajomi profesora, dobrze zdający sobie sprawę z tego, że do normalnego funkcjonowania instytutu potrzebowano czternastu ciał, a nie trzystu pięćdziesięciu.

W kolejnych kadziach leżały głowy zmarłych, a także kolejne ciała spreparowane w różny sposób. Puste jeszcze kamienne wanny świadczyły o chęci poszerzenia „badawczego zbioru".

Kolejnym etapem zwiedzania był oddzielny budynek, gdzie profesor Spanner wytwarzał z ludzkiego tłuszczu mydło. Wytapiał tłuszcz z człowieczych ciał, poddając je termicznej obróbce w wielkim kotle. Na strychu budynku przechowywano wypreparowane czaszki i piszczele ofiar. Na dziedzińcu, częściowo zniszczonym dwukrotną próbą podpalenia, zachowały się jeszcze budynki krematoryjne.

Druga część opowiadania jest relacją z przesłuchania młodego gdańszczanina, którego profesor Spanner zatrudniał jako preparatora trupów. Wcześniej był uczniem, zdał maturę, w czasie okupacji – jako ochotnik i harcerz – dostał się do niewoli. Udało mu się z niej uciec, ale rodzinie było ciężko, gdyż ojca hitlerowcy zabrali do obozu koncentracyjnego. Młodzieniec imał się więc dorywczych prac, aż wreszcie Niemiec – lokator matki zaproponował mu pracę w Instytucie Anatomicznym. Od 1943 r. Spanner, lekarz, który zgłosił się ochotniczo do SS, udoskonalał swą metodę przemysłowego przerobu ludzkiego tłuszczu na mydło. Oprócz tego wraz z preparatorem von Bergenem planował „zagospodarować", odpowiednio wyprawiając, ludzką skórę.

Gdańszczanin opowiedział, skąd Spanner sprowadzał zwłoki: najpierw z zakładu psychiatrycznego, potem z więzienia w Gdańsku, obozu Stutthof, z Królewca, z Elbląga i całego Pomorza. Dopiero wystawienie w więzieniu gdańskim gilotyny sprawiło, że nigdy nie brakowało ciał do przetworzenia. Więźniowie przewożeni po śmierci do instytutu byli w przeważającej części Polakami, ale zdarzali się też Niemcy i Rosjanie.

Młody człowiek opowiadał o kłopotach technicznych procesu produkcji, który przez Spannera i jego studentów był utrzymywany w tajemnicy. Chłopiec nie zdradzał negatywnych emocji, rzeczowo i konkretnie odpowiadał na pytania, korzystając przy tym z nabytych doświadczeń i obserwacji. Zupełnie szczerze przyznał, że wyrabiania mydła z ludzkiego tłuszczu nie uważał za przestępstwo i nikt wcześniej mu o tym nie powiedział. Wątpliwości budziło w nim tylko postępowanie Spannera, który ukrywał swój proceder, ale podejrzewał go raczej o nieczyste interesy. Wspominał też, że u niego w domu pierwsza niechęć do tego mydła została przełamana, używano go do prania. Rozmowę z młodzieńcem kończą jego znamienne słowa: *„W Niemczech, można powiedzieć, ludzie umieją coś zrobić – z niczego..."* (str. 12).

Trzecią część opowiadania zajmuje relacja z przesłuchania lekarzy, kolegów Spannera. Obaj nie wiedzieli nic o jego ukrywanej działalności. Na pytanie o powód, który mógł skłonić go do takich działań, wskazali na różne przyczyny. Dla jednego wystarczającym wytłumaczeniem był rozkaz i bycie posłusznym funkcjonariuszem nazistowskiej partii; dla drugiego wyjaśnieniem mogła być potrzeba państwa, przeżywającego wielki kryzys ekonomiczny i brak tłuszczów.

Dno

Narratorem opowiadania jest siwa, choć niestara jeszcze kobieta. Nie wie, od czego zacząć swą relację. Przedstawia się jako matka głęboko doświadczona przez los, bo w wojennej zawierusze straciła dwoje dzieci. Nic nie wie o ich losie, podobnie jak o mężu, którego jacyś ludzie widzieli w obozie w Pruszkowie (umieszczeni tam byli warszawiacy po upadku powstania w 1944 r.). Syn do niewoli niemieckiej dostał się w czasie powstania.

Najpierw trafiła z córką na Pawiak, dwa miesiące później do Ravensbrück. Już w więzieniu warszawskim zetknęła się z koszmarem, którego nie potrafi do końca opisać, więc tylko wybiera niektóre fakty, waży każde słowo. Wspomina ludzkie męczarnie, niegodną śmierć setek ludzi. Przeżywa kolejny raz ciosy spadające na jej ręce (bicie głowy i palców gumową pałką). Do dzisiejszego dnia odczuwa konsekwencje tych męczarni.

W Ravensbrück zetknęła się z doświadczeniami medycznymi przeprowadzanymi na kobietach („*Znęcali się zastrzykami, (...) otwierali rany*" (str. 13)), ale uważa, że słuchaczkę najbardziej zainteresuje sama podróż do obozu. Straszny widok setek stłoczonych w towarowych składach kobiet i mężczyzn poruszył nawet niemieckiego oficera, który na jednej ze stacji kazał otworzyć zapieczętowane drzwi wagonów. W każdym było już kilkadziesiąt zaduszonych osób. Podróż część więźniów przypłaciła życiem, inni postradali zmysły.

Narratorka opisuje także warunki życia w lagrze Bunzig, do którego przewieziono ją z Ravensbrück. Tytułowe „dno" odnosi się do bunkrów ze wspomnień narratorki, gdzie Niemcy zamykali za najdrobniejsze przewinienia pracowników zakładów zbrojeniowych, ale także gdzie składali ciała zmarłych więźniów. Dochodziło tam do aktów kanibalizmu.

Kobieta cmentarna

Narrator na wstępie opowiadania opisuje przestrzeń cmentarza, graniczącego z murem getta żydowskiego w Warszawie. Sama droga na cmentarz powoli zamienia się w przestrzeń umarłych. Docierające wiadomości o zgonach znajomych i bliskich uświadamiają wszechobecność zagrożenia i ciągłe obcowanie ze śmiercią, która choć obecna zawsze, nigdy nie miała takiej skali. Narrator konfrontuje dawną, „przedwojenną" śmierć z jej formą okupacyjną, zwracając uwagę na przekraczające ludzkie wyobrażenia doświadczenie codzienności.

Medaliony starszych grobów zwracają się do przechodnia z powściągliwością charakterystyczną dla dawnego przeżywania „*śmierci osobistej*" (str. 17), a ciszę cmentarza zatopionego w wiosennej zieleni co chwilę przerywa warkot samolotowych silników. Świadectwem bombardowania getta są smużki dymu i płomienie widoczne spoza muru.

Kobieta cmentarna, opiekunka cmentarza, zachowywała dotąd wewnętrzny spokój, ale wydarzenia, których jest przymusowym świadkiem, całkowicie wytrąciły ją z równowagi. Zwierza się narratorce, że mieszkanie tuż obok murów getta stało się niemożliwe: trudno znieść świadomość, iż tak blisko giną w płomieniach jego mieszkańcy, popełniają samobójstwa, skacząc z okien płonących domów. Narratorka komentuje jej wypowiedź podsumowującymi słowami: „*Wiemy o spokojnych pochodach ludzi idących bez sprzeciwu na śmierć. O skokach w płomienie, o skokach w przepaść. Ale jesteśmy po tej stronie muru*" (str. 20).

Przy torze kolejowym

W utworze w większej części opowiada narrator odautorski, dopiero pod sam jego koniec pojawiają się pytania sformułowane przez świadka opisywanych wydarzeń, odnoszące się do postawy jednego z bohaterów.

Akcja przywołanej historii toczy się niedaleko cegielni i pobliskiej wsi, przy torze kolejowym, którym Niemcy przewozili więźniów do obozów zagłady. Niewielu z nich decydowało się na trudną ucieczkę, ale pośród nich znalazła się młoda Żydówka, która wraz z mężem i kilkorgiem innych osób spróbowała walczyć o swą wolność. Najpierw musieli wyrwać z podłogi wagonu kilka desek, a potem zdecydować się na skok. Mógł on skończyć się tragicznie, wielu uciekinierów ginęło pod kołami pociągów. Tym razem jednak próba ucieczki nie powiodła się z innego powodu: zauważyli ją eskortujący esesmani i oddali strzały do zbiegów. Kobieta, postrzelona w kolano, leżała bezradnie obok toru kolejowego, jej mąż i inny więzień, zastrzeleni, leżeli nieopodal, komuś udało się uciec.

Wokół rannej kobiety gromadzili się ludzie z pobliskiej wsi. Chociaż przyglądali się jej ze współczuciem, nikt nie zdecydował się, aby wziąć ją do siebie. Zbyt duże było niebezpieczeństwo grożące całej wsi ze strony hitlerowców („*Nieprzeparta była ta siła, która oddzielała ją od nich wszystkich pierścieniem przerażenia*" (str. 22)). Wśród gromady znaleźli się tacy, którzy przynieśli jej mleko i chleb (starsza kobieta), potem – na jej prośbę – wódkę i papierosy (młody mężczyzna). Ten sam mężczyzna, w chwili, gdy dwaj policjanci spierali się, niepewni, kto ma wykonać na niej nieodwołalny wyrok, sam wziął pistolet i zastrzelił ją. Ten gest był zupełnie niezrozumiały dla opowiadającego historię: *„Ale dlaczego on do niej strzelił, to nie jest jasne* (...). *Właśnie o nim można było myśleć, że mu jej żal...*" (str. 24).

Dwojra Zielona

Narrator tworzy swoistą ramę kompozycyjną dla opowieści tytułowej bohaterki. Otóż pewnego dnia nieznajoma kobieta przychodzi z zaprzyjaźnionym mężczyzną do sklepu na warszawskiej Pradze, po okulary. Okazuje się, że nie nosiła ich przez kilka lat, bo była w obozie. Narratorka, zagadując przy ladzie, zaprasza tytułową bohaterkę na rozmowę do pobliskiej cukierni. Ponieważ Dwojra spieszy się do pracy, rozmowa odbywa się w drodze. Obecnie Zielona zajmuje się sprzątaniem i pilnowaniem mieszkania, w którym zostanie zorganizowane żydowskie ambulatorium.

Bohaterka straciła w czasie wojny całą rodzinę. Kiedyś wraz z nieżyjącym już mężem (zginął w lagrze) mieszkała w Warszawie, potem przeprowadzili się do Janowa Podlaskiego, aby trafić do getta w Międzyrzecu, gdzie spędzono Żydów z całego województwa lubelskiego. Większość wywieziono później do obozu w Treblince, ale bohaterce udało się uniknąć tego losu. W 1943 r. straciła oko w zabawie-strzelaninie, jaką z okazji Nowego Roku urządzili na ulicy miasta Niemcy. Trafiła do szpitala, gdzie myślała o popełnieniu samobójstwa. Nie chcąc znów chować się samotnie na strychu, postanowiła sama pójść na Majdanek, jak mówi: *„poszłam za naszymi*" (str. 27). Kiedy pojawiła się możliwość wyjazdu do pracy w Skarżysku-Kamiennej, skorzystała z niego i zatrudniono ją tam w fabryce amunicji. Więźniowie traktowani byli jak niewolnicy, nawet choroba i spowodowana nią absencja w pracy kończyła się selekcją i śmiercią. Bohaterka nie potrafi wyjaśnić, co dało jej impuls do życia, ale przetrwała najtrudniejsze momenty, aż do momentu wyzwolenia miasta przez Rosjan. Po wojnie dostała pomoc od nieznajomych, obcy ludzie zadbali o jej zdrowie i dzięki nim znalazła dla siebie miejsce w życiu. Mimo to w jej głosie pobrzmiewa smutek, bo nikt nie jest w stanie zastąpić rodziny, która odeszła bezpowrotnie.

Wiza

Rozmowa narratorki z byłą więźniarką obozu odbywa się w pokoju hotelowym. Młoda kobieta żydowskiego pochodzenia przyjęła chrześcijaństwo na początku wojny, więc do lagru trafiła jako Polka. Przebywała w obozie dla kobiet, gdzie zwożono więźniarki z całej Europy: Jugosłowianki, Francuzki, Holenderki, Belgijki, Greczynki, Polki i Rosjanki. Żeby nie czuć nienawiści do oprawców, kobieta uciekała w modlitwę.

Tytułowa wiza to polana, na którą wyganiano kobiety z obozu w czasie czyszczenia bloku. Stały blisko obok siebie, aby choć trochę ogrzać się w zimny i mokry październikowy dzień. Obok świeżo przybyłych do obozu, pośród których znalazła się więźniarka-narratorka, były kobiety znajdujące się tu już kilka miesięcy. Patrząc na ich wyniszczenie, zdała sobie sprawę, co grozi jej samej. Na wizę wyganiano przez cały tydzień, potem robiono selekcję. Kobieta wspominała dzień, kiedy stojące w słońcu Greczynki śpiewały po hebrajsku żydowski hymn. Śpiew brzmiał tak, jakby były silne i zdrowe: „*To była siła tęsknoty i pragnienia*" (str. 30). Następnego dnia, już po selekcji, wiza była zupełnie pusta.

Człowiek jest mocny

Narrator wysłuchuje relacji Michała P. – Żyda, który jako jeden z nielicznych może zrelacjonować to, co działo się nieopodal pałacu w lesie Żuchowskim.

Niemcy umieścili obok budynku samochody, w których po zamknięciu hermetycznych drzwi zagazowywali więźniów przywożonych z Chełmna i jego okolic. Michał P. został wybrany do pracy przy pałacu. Wcześniej pracował u Niemców w Ugaju, więc nie znalazł się na listach Żydów tak jak cała jego wywieziona na śmierć rodzina: rodzice i rodzeństwo wraz z dziećmi.

Nieopodal miejsca zbrodni hitlerowcy kazali Michałowi, znajdującemu się w grupie trzydziestu mężczyzn, kopać doły, w których zakopywano ciała zamordowanych w aucie gazowym Żydów. Żyjących dobijano, trupy zaś okradano z wszelkich kosztowności. W ten sposób w wykopanych rowach pochowano tysiące osób. Pewnego dnia pośród ofiar wyciągniętych z samochodu Michał P. rozpoznał swą żonę i dwójkę małych dzieci. Położył się obok nich i prosiło Niemców o zastrzelenie go. Nie chcieli tego zrobić, biciem zmusili mężczyznę do wstania: „*Człowiek jest mocny, może jeszcze dobrze popracować*" (str. 34). Paradoksalnie te słowa oprawcy okazały się prorocze: choć bohater myślał o samobójstwie, zmobilizował się wkrótce i zdołał uciec z niewoli, a przy pomocy nieznajomego chłopa spod Grabowa, przebrany i umyty, mógł udać się w dalszą drogę.

Opowiadanie kończy narrator odautorski, ukazujący dramatyczne obrazy z miejsca pochówku zagazowanych Żydów.

Dorośli i dzieci w Oświęcimiu

Utwór jest swoistym podsumowaniem wcześniejszych opowiadań. Narrator przywołuje miejsca kaźni tysięcy osób i nazywa uczucia, jakie towarzyszą poznawaniu skali zbrodni: groza i zdziwienie.

Mówiąc o losie europejskich Żydów, podkreśla cynizm oprawców mamiących ofiary wysyłane na śmierć w obozach koncentracyjnych wizjami dobrej przyszłości. Obóz Auschwitz-Birkenau narrator ukazuje w rozmaitych perspektywach: jako miejsce śmierci milionów, ale i jako przedsiębiorstwo przynoszące niemieckiemu państwu wielkie zyski, swego rodzaju zakład przemysłowy zagospodarowujący wszystko, nawet ludzkie zwłoki.

Zdarzali się jednak w realiach obozów koncentracyjnych ludzie, którzy w dramatycznych warunkach ratowali innych, narażając się na szykany i śmierć.

Następnie, rozwijając myśl zawartą w motcie *Medalionów,* narrator przedstawił obraz oprawców – część wymienionych z nazwisk, część z przywołania strasznych metod działania. Powołując się na opinię naukowca, stwierdza, że zbrodniarze byli świadomi swych czynów, więc ponoszą za nie całkowitą odpowiedzialność prawną i moralną.

Ostatni, wstrząsający fragment opowiadania dotyczy losu dzieci w obozach zagłady. Wiedziały, co im grozi, więc bały się i prosiły o litość. Niektórym udało się uniknąć śmierci, jeśli trafiły na dorosłych, zdolnych do poświęcenia i ryzyka. Najgorsze było jednak spustoszenie psychiczne, jakie poczyniło w nich doświadczenie lagrowe. Świadczy o tym przypadkiem obejrzana scena zabawy malców bawiących się *„w palenie Żydów"* (str. 38).

GŁÓWNE WĄTKI UTWORÓW

Określenie wątku	Tytuły utworów z *Medalionów*
nauka (medycyna) w służbie totalitarnej ideologii	*Profesor Spanner, Dno, Dorośli i dzieci w Oświęcimiu*
eksterminacja ludności żydowskiej (obraz Holocaustu)	*Kobieta cmentarna, Przy torze kolejowym, Dwojra Zielona, Człowiek jest mocny, Dorośli i dzieci w Oświęcimiu*
obrazy śmierci masowej	*Dorośli i dzieci w Oświęcimiu, Wiza, Dno*
wizerunki oprawców	*Dwojra Zielona, Dorośli i dzieci w Oświęcimiu, Wiza, Dno*
obraz świadków zbrodni	*Profesor Spanner, Przy torze kolejowym*

CHARAKTERYSTYKA BOHATERÓW

Ofiary faszystowskiej ideologii	Świadkowie zbrodniczych działaniach Niemców	Oprawcy, zbrodniarze hitlerowscy
byli więźniowie lagrów, hitlerowskich więzień (Pawiaka), ocaleni z Holocaustu Żydzi znający z autopsji koszmar życia w getcie i przymusowej pracy na rzecz III Rzeszy; • narratorzy opowiadań: *Człowiek jest mocny, Dno* i *Wiza,* • tytułowa bohaterka *Kobiety cmentarnej,* • zbiegła z transportu Żydówka z utworu *Przy torze kolejowym,* • Dwojra Zielona, • więźniowie Auschwitz-Birkenau.	• jeden z bohaterów opowiadania *Profesor Spanner* – młody gdańszczanin relacjonujący beznamiętnie proceder produkcji mydła z ludzkiego tłuszczu; • bohaterka *Kobiety cmentarnej* przyglądająca się z bliska, a właściwie przysłuchująca się tragedii bezimiennych ofiar pacyfikowanego przez hitlerowców warszawskiego getta wiosną 1943 r.; • tłum mieszkańców wsi – bohater zbiorowy, który towarzyszy ostatnim chwilom bohaterki opowiadania *Przy torze kolejowym.* Spośród niego dwie postaci są przedstawione bliżej: starsza kobieta i młody mężczyzna.	• bezpośrednio zadający śmierć, pastwiący się nad swymi ofiarami (esesmani, gestapowcy, śledczy itd.) zobrazowani w opowiadaniach podejmujących tematykę Holocaustu (getta), lagrów i więzień niemieckich; • pośrednio biorący udział w „przemyśle śmierci", zwykli i przeciętni obywatele III Rzeszy, których system wykorzystał do własnych celów; • wykształceni ludzie, naukowcy, biorący udział w sadystycznych badaniach medycznych oraz wykorzystujący do nich ciała ludzi zamordowanych w obozach, ludzie tworzący technologię ich „przerobu" (*Profesor Spanner, Dorośli i dzieci w Oświęcimiu).*

PROBLEMATYKA UTWORU

Obraz ofiary i kata w *Medalionach*

Najszerzej ujmując, **głównymi bohaterami *Medalionów* są ofiary faszystowskiej ideologii**, z którymi Nałkowska zetknęła się w czasie okupacji (*Kobieta cmentarna*) oraz w czasie prac w Głównej Komisji Badania Zbrodni Niemieckich. Ofiary w dosłownym tego słowa znaczeniu to byli więźniowie lagrów, Pawiaka, ocaleni z Holocaustu Żydzi znający z autopsji koszmar życia w getcie i przymusowej pracy na rzecz III Rzeszy. Do tej grupy należą bohaterowie i narratorzy opowiadań: *Człowiek jest mocny, Dno* i *Wiza,* tytułowa bohaterka *Kobiety cmentarnej,* zbiegła z transportu Żydówka z utworu *Przy torze kolejowym,* Dwojra Zielona, więźniowie Auschwitz-Birkenau.

Obok nich pojawiają się ludzie, którzy, nie mając świadomości bycia ofiarami systemu totalitarnego, stali się nimi bezwiednie, uczestnicząc **w roli świadka w zbrodniczych działaniach Niemców**. Niewątpliwie taką osobą jest młody gdańszczanin relacjonujący beznamiętnie proceder produkcji mydła z ludzkiego tłuszczu, szczerze zachwycający się pomysłowością i praktycznością niemieckiej nacji, która w dobie kryzysu gospodarczego potrafi *„zrobić coś z niczego"* (str. 12). Przerażający nieświadomym cynizmem młodzieniec jest także ofiarą wojennej rzeczywistości. Codzienne obcowanie ze śmiercią pozbawiło go zupełnie wrażliwości, odarło z ludzkich uczuć, przeobraziło moralnie.

Niesłychanie trudno w sposób jednoznaczny ocenić postępowanie anonimowego tłumu – bohatera zbiorowego, który towarzyszy ostatnim chwilom bohaterki opowiadania *Przy torze kolejowym.* Jej los, cierpienie i oczekiwanie na śmierć **symbolizuje dramat tysięcy podobnych ofiar**, natomiast wybór, przed jakim stają mieszkańcy wsi, przypomina o **konfliktach sumienia czasów okupacji**. Chęć niesienia pomocy i poczucie braterstwa wobec krzywdzonych przegrywały niejednokrotnie ze strachem o los własny i najbliższego otoczenia. Wiadomo przecież, że Niemcy w zemście za pomoc Żydom potrafili mordować całe rodziny i pacyfikować wsie.

Spośród gromady otaczającej ranną kobietę narrator bliżej scharakteryzował dwie postaci: kobietę przynoszącą nieszczęśnicy kubek mleka i kawałek chleba oraz młodego *„franta"*, jak się go określa, który najpierw podaje Żydówce papierosy i wódkę, a następnie – zadaje jej śmierć. Paradoksalnie **ten morderczy gest może być interpretowany jako przejaw miłosierdzia**. Bohaterka sama prosi o śmierć, nikt nie może jej pomóc, więc zostaje skazana na długotrwałą mękę powolnego konania. Wcześniej, **w czasie ucieczki z transportu, traci męża**, więc nic i nikt nie daje jej nadziei, chęci przetrwania. Znamienne są słowa anonimowego człowieka relacjonującego te wydarzenia: *„Ale dlaczego on do niej strzelił, to nie jest jasne* (...). *Właśnie o nim można było myśleć, że mu jej żal..."* (str. 24). Zawiera się w nich refleksja o tym, jak skomplikowane, sprzeczne były ludzkie uczucia i myśli wobec mechanizmów zabijania.

Trzecią kategorię bohaterów stanowią oprawcy. **Portrety zbrodniarzy** najszerzej ujęte pojawiają się w ostatnim opowiadaniu cyklu *Dorośli i dzieci w Oświęcimiu.* Precyzyjne opisy ich działań, metod upodlania więźniów służą sformułowaniu jednoznacznego oskarżenia nie tylko wobec indywidualnych przestępców, ale całego systemu faszystowskiego. W sposób przemyślany wypaczał on psychikę młodych ludzi poddanych nieustannej indoktrynacji. Nałkowska zauważyła, że **system wykorzystywał dla swoich celów wszystkich**. W opowiadaniu *Profesor Spanner* wiernymi wykonawcami woli zwierzchników stali się ludzie wykształceni, starsi, a więc bogaci w doświadczenie życiowe lekarze. Składając wyjaśnienia przed komisją, **tłumaczą się rozkazem, posłuszeństwem, padają słowa o wierności narodowi i one mają uzasadniać ich przejście na stronę zła**. Tytułowy profesor był czterdziestoletnim mężczyzną, który w całkowitym posłuszeństwie wobec zwierzchników dostrzegł szansę oszałamiającej kariery. Nie zabijał sam, ale korzystał z faszystowskich zbrodni, dostarczających mu

„materiału" do badań. **Nauka,** której autorytet został cynicznie wykorzystany przez Spannera i jemu podobnych, **tworzyła swoistą fasadę, kryjącą prawdziwe motywacje:** rozbudowę przedsiębiorstwa przerabiającego ludzki tłuszcz na mydło, czerpanie z niego materialnych zysków. Profesor, oswoiwszy się ze zjawiskiem masowej śmierci, zaczął traktować ludzkie zwłoki jako materiał do przemysłowego przerobu. Odarte z godności ludzkiej, spoczywały w betonowych kadziach, w *„nieważnym pawilonie dużego gmachu, w którym mieścił się Instytut Anatomiczny"* (str. 7). Zbyt okazałe Spaner kazał przecinać na pół, bo nie mieściły się w piecach do wytapiania tłuszczu. Proces odhumanizowania, tak groźny dla każdego człowieka, a porażający w wypadku lekarza, poparty został w III Rzeszy szalbierstwem nauki, udowadniającej wyższość germańskiej rasy nad innymi.

Obok oprawców, którzy bezpośrednio nie zadawali śmierci swym ofiarom, w *Medalionach* pojawiają się **postaci zbrodniarzy.** Niektórzy wymienieni są z imienia i nazwiska, jak np. August Glass z Auschwitz. Rzeczowe informacje na temat stosowanych przez ludzi jego pokroju metod porażają swą siłą. Narratorka nie formułuje żadnych ocen, przywołuje zamiast nich fakty. One bardziej przemawiają do wyobraźni odbiorcy niż jakikolwiek komentarz. Sylwetki niemieckich zbrodniarzy mieszczą się w stworzonej przez Hannah Arendt kategorii **człowieka totalitarnego**[6]. Jednostka ta **pozbawiona została umiejętności samodzielnego myślenia, ukształtowała ją mentalnie totalitarna propaganda.** Wykonuje wszystkie polecenia i rozkazy przełożonych, moralnie zwalniając się z odpowiedzialności za swoje czyny, i ufa bezgranicznie obowiązującej doktrynie totalitarnej. Kat w ujęciu Nałkowskiej nie jest bestią pozbawioną ludzkich odruchów czy też psychopatycznym mordercą. Autorka stawia tezę, że oprawcą może tak naprawdę stać się każdy. Zależy to tylko od okoliczności i indywidualnych predyspozycji człowieka, który, manipulowany przez system polityczny, dokonuje rzeczy strasznych.

Obraz śmierci w *Medalionach*

Śmierć ukazana w *Medalionach* została odarta z godności, pozbawiona wzniosłości i patosu. Bohaterowie, opowiadając o swoich doświadczeniach, opowiadają o śmierci odhumanizowanej, niegodnej, której towarzyszą cierpienie i strach. Pewniak na teście

Wyraźnie pojawia się w *Medalionach* **problem nieadekwatności języka wobec opisywanych tragedii.** Niełatwo o nich mówić ocalonym, z wielkim trudem narrator odnajduje odpowiednie określenia, które mogłyby uchwycić zjawisko masowej śmierci. Strategią narracji staje się więc umiejętne operowanie szczegółem, **fragmentaryczność, poetyka kontrastu, lakoniczność obrazu nieopatrzonego żadnym komentarzem.** Narratorka dba o zachowanie autentyczności, często wręcz prostoty przytaczanych wypowiedzi, oddając głos tym, którzy byli uczestnikami bądź świadkami wydarzeń. Inaczej niż we wcześniejszych swych opowiadaniach, nowelach i powieściach, Nałkowska – narratorka **powstrzymuje się od oceny, moralnego osądu** relacjonowanych

6 H. Arendt, *Korzenie totalitaryzmu*, Warszawa 1994.

faktów, a postaci wyraźnie opisywane są w poetyce behawioralnej[7]. Paradoksalnie ta metoda rezygnacji z „literackich ozdobników", niewidoczność stylu i autentyzm wzmacnia efekt artystyczny *Medalionów*, sprawiając, że są one głośnym oskarżeniem oprawców.

Różnorodność obrazów śmierci

• śmierć na gilotynie	*Profesor Spanner*
• śmierć w bunkrze głodowym	*Dno*
• śmierć w płonącym getcie warszawskim	*Kobieta cmentarna*
• śmierć w czasie ucieczki z transportu	*Przy torze kolejowym*
• śmierć w fabryce amunicji	*Dwojra Zielona*
• śmierć w obozie zagłady	*Dorośli i dzieci w Oświęcimiu*, *Wiza*
• śmierć przez zagazowanie	*Dorośli i dzieci w Oświęcimiu*, *Człowiek jest mocny*

Pewniak na teście

GATUNEK UTWORU

Medaliony należą do **małych form prozatorskich (miniatur prozatorskich)**. W opracowaniu konsekwentnie używano w stosunku do nich określenia **„opowiadania"**. Badacze literatury zwracają uwagę, że w utworach tych można też wskazać **elementy reportażowe**.

Reportaż to gatunek pograniczny między publicystyką a literaturą piękną. Jego narrator przedstawia rzeczywiste wydarzenia z punktu widzenia uczestnika wydarzeń albo ich świadka bądź osoby wysłuchującej relacji od kogoś innego. Podział reportaży, jaki stosuje teoria literatury, obejmuje reportaże społeczno-obyczajowe, wojenne, podróżnicze, sportowe oraz sądowe. W tym kontekście *Medaliony* są trudne do jednoznacznej klasyfikacji.

Warto kilka słów poświęcić **cechom poetyki** opowiadań Nałkowskiej. Do najważniejszych należą:

- **brak analizy psychologicznej postaci i skupienie się na ich zachowaniach**, reakcjach, sposobie mówienia (poetyka behawioralna),

[7] To znaczy charakteryzowane tylko za pomocą opisu zachowania, bez analizy psychologicznej.

- **używanie wypowiedzi eliptycznych i przemilczenia jako środków stylistycznych**, szczególnie w opisach stanów emocjonalnych postaci, dzięki czemu autorka unika nadmiernej ekspresji i banalizacji,
- **oszczędne i świadome korzystanie z opisów** (statyka narracyjna), ściśle związanych z kreowaniem wizerunków bohaterów, podkreślających tragizm doświadczeń ludzkich,
- **anonimowość narratorów i bohaterów opowiadań** (jedynym odstępstwem jest Dwojra Zielona) służąca wydobyciu sensów uniwersalnych z ich losów,
- **przywoływanie bezpośrednio wypowiedzi bohaterów**, co służy zwiększeniu wiarygodności relacji i wydobywa sensy dodatkowe, np. niemożność znalezienia nazwy opisywanych zjawisk (*Kobieta cmentarna*) albo ich drastyczność zadziwiająca nawet katów (*Dno*),
- **skupienie się przez odautorskiego narratora na szczególe**, redukcja faktów, **rzeczowość informacji** odartej ze subiektywnej oceny, przezroczystość stylu, prostota form wyrazu literackiego,
- różnorodność sposobów narracji: **przenikanie się i uzupełnianie narracji odautorskiej i głosów narratorów** – świadków i uczestników opisywanych wydarzeń, co wydobywa skomplikowaną problematykę, niejednoznaczność postaw ludzkich i konfliktów moralnych,
- umiejętność **ujęcia syntetyzującego, podkreślonego pointą** (*Dorośli i dzieci w Oświęcimiu).*

KOMPOZYCJA UTWORU

Medaliony **składają się z ośmiu opowiadań.** Autorka bardzo świadomie dokonała ostrej selekcji materiału faktograficznego, pozostawiając **fragmenty najbardziej charakterystyczne i wymowne.** Dzięki nim odbiorca uzyskuje wiedzę o czasach wojennego koszmaru. Inaczej niż we wcześniejszej prozie artystki, nawiązującej do najlepszych tradycji epiki realistycznej i psychologizmu, Nałkowska rezygnuje z panoramiczności ujęcia społecznych środowisk czy indywidualnych bohaterów, pomija analizy polityczne i obyczajowe, zakładając słusznie, że **dawne środki wyrazu literackiego nie potrafią sprostać przedstawieniu świata po katastrofie.** Kataklizm II wojny światowej zmiótł stary świat i dawne wyobrażenia człowieka. Tym samym pisarka stanęła przed **koniecznością stworzenia nowej narracji, próbującej objąć to, czego ludzie doświadczyli w latach hitlerowskiej okupacji.**

INDEKS KOMENTARZY DO TEKSTU

PROFESOR SPANNER

DNO

KOBIETA CMENTARNA

DWOJRA ZIELONA

WIZA

CZŁOWIEK JEST MOCNY

DOROŚLI I DZIECI W OŚWIĘCIMIU

SPIS TREŚCI

Pewniak na teście ← to będzie na teście